KB119775

어차피
연애는
남의 일

도대체 글·그림

어차피
연애는
남의 일

의외로 본능충실
도대체 씨의
일단직진 연애탐구

위즈덤하우스

재생 _**010**

■■ 일시정지 _054

되감기 _102

좋아해줘, 거기 말고 다른 점을

정떨어졌어

고민

쿵짝

빈틈과 요철

나비

사랑한다, 안 한다

쉽게 얻기 힘든 것

답지 않은 것

쌓여야 알 수 있는 것

술과 장미의 나날

내 아픔 아시는 당신

복수

너를 소중하게 여기지 않는 사람 때문에

든든하구나

궁금하긴 해

다시 오긴 올까

남자 달력

히스테리

10분만 기다려

어떤 아우라

너와 나의 20대

충고

리빙 포인트

고백

감수할 수 있다면

알고 있었어

소금

달

진짜
아무나는
싫지

▶▶ 빨리 감기 _142

반복 재생 _200

재생

나는 이 사람을 좋아하게 될 거라고
그냥
알아차리게 되는 것이다

누가 나타났을 때, 사랑인지 아닌지 어떻게 알아보지?

못 알아본 적 없었어.

소원

연애 감정의 싹

연애 감정의 싹은

누군가가 신경 쓰이는 것에서 움트는 것인지도 모른다.

힐끔

물론 평소엔

이런 경우가 대부분…

으…

바스락

싫어하는 사람이 내는 미세한 소리

본능의 편을 들어줘

발견

연애 감정은 상대방의 반짝이는 면을 발견하는 것에서 시작된다.

누군가의 반짝이는 면을 발견하고 두근거리는 사람,
저이의 반짝거림은 나만 볼 수 있다고 믿는 사람,
이이만이 날 반짝인다 여길 거라 믿는 사람,
반짝이는 면에 눈멀어 다른 면은 못 보는 사람,
누군가는 나의 반짝이는 면을 알아보지 않을까 기대하는 사람
…….

나도 그랬나?

사람들과 만난 식당 옆 테이블에 청년들이 있었는데, 뒤늦게 또래 여자 한 명이 합류하자 남자들의 분위기가 싹 달라졌다. 그리고 그중 한 명이 유난히 눈에 띄게 표정이 밝아지는 게 보였다. 전혀 모르는 사이인 우리 일행이 보기에도 그 여자를 좋아한다는 걸 알 수 있었다. 지금 저 남자는 얼마나 행복할까? 너무 즐거워하네. 우리끼리 속닥거리다가 그 자리에서 가장 비관적인 내가 말했다.

"나중에 저 사람이 제일 크게 울걸요."

긍정적인 해석

카페에서 혼자 커피를 마시고 있는데, 옆 테이블의 대화가 들려왔다. 보험설계사인 남자가 다른 남자에게 영업하는 방법을 설명하고 있는 모양이었다.

"약관은 자세하게 설명하지 않아도 돼. 사람들은 약관을 자신에게 유리하게 해석하는 경향이 있거든."

오래전 일이지만 그 말을 잊을 수 없어서 종종 떠올리곤 한다. 어쩌면 우리는 보험 약관뿐만 아니라 많은 일들을 자신에게 유리한 방향으로 해석하고 받아들이며 살고 있는지도 모르겠다.
그런 관점으로 바라보면 우리가 저지르는 어리석은 행동들도 쉽게 설명되는 기분이다. 공정하지 못한 계약을 선뜻 한다거나, 엉뚱한 물건을 사들인다거나, 이런저런 사기를 당하는 일 따위 말이다. 자신에게 불리한 일을 자진해서 하는 사람은 별로 없을 것이다. 적어도 그 순간에는 그 행동이 자신에게 유리하다고 판단한 결과일 뿐이다.

연애를 할 때도 마찬가지일지 모른다. 특히나 막 시작하는 시점에서는 더욱. 상대방의 행동을 '나에게 호감을 갖고 하는 행동'이라고 '나에게 유리한 해석'을 하지 않는다면, 둘의 관계는 도무지 진전되지 않을 테니까.

아, 물론 지나치게 긍정적으로 해석한 나머지 혼자 김칫국을 마시다가 민망해질 위험도 있다!

그럼에도 어쨌든 바로 그 순간이 있어야 연애는 시작된다.

가위바위보

그가 전화했을 때 나는 집 안의 불을 모두 끈 채 가만히 앉아 있었다. 혼자 저녁을 맞이할 각오를 하고 있는 중이었다. 다른 약속이 없으면 자기랑 만나자는 그의 말이 눈물 나게 반가웠으나 굳이 그런 말을 하지는 않았다. 오히려 '만나자는 전화가 더 오긴 하겠지만, 네가 맨 처음 걸었으니 그냥 널 만나줄게'라는 태도로 전화를 받았다. 그러곤 전화를 끊자마자 재빨리 옷을 갈아입고 달려 나갔다.

그냥 아는 사이였던 우리는 그렇게 단둘이 종로에서 만났다. 하지만 이제 뭘 해야 할지도 모르는 상황이었다. 일단 거리를 걷기 시작했으나 어느 쪽으로 가도 사람이 많았다. 어디나 북적였고 어디나 시끄러웠다. 마땅한 식당을 찾는 것도 힘들어 보였다. 그러나 계속 걷고만 있는 것도 나쁘지 않았다. 어쩌면 그 순간 혼자가 아니라는 사실만으로도 기분은 이미 좋았는지도 모른다.

문득 그가 길가에 있는 가위바위보 기계 앞에서 걸음을 멈췄다. 100원짜리 동전을 넣고 버튼을 누르면 기계와 가위바위보를 할 수 있는 모양이었다. 나는 그때까지 그런 기계가 있는 줄도 몰랐다.

'기계랑 가위바위보를 해서 뭘 어쩌겠다는 것인가?'

이 생각이 채 끝나기도 전에 기계에선 동전이 우르르 쏟아졌다.

"와! 한 번도 이긴 적이 없는데 대체 씨랑 있으니까 이겼어요! 대체 씨는 운이 좋은 사람인가 봐요!"

그가 이긴 것이었다. 두 손으로 스무 개의 동전을 받으며 감격한 표정으로 그는 말했다. 나는 운이 좋기는커녕 가위바위보를 할 때마다 이겨본 적도 별로 없는 사람이었다. 이번에도 굳이 그런 말을 하지는 않았다. 그가 그렇게 믿으면 좋겠다는 생각이 들었기 때문이었다.

눈이 많이 온 날이었다. 일기예보를 보지 않고 구두를 신고 나온 나는 자꾸 미끄러져서 넘어질세라 조심조심 걸었다. 다시 또 미끄러졌을 때 나는 그의 코트 자락을 살짝 잡았다. 그 모습을 본 그가 내 손을 잡았다. 우리는 손을 잡고 종로를 돌아다녔다.

크리스마스 이브였다.

아니야!

저 달도 사주려고 했는데

연하 남자친구를 만날 때 일이다. 연하의 남자라고 다 그런 건 아니겠지만 그는 애교가 많은 편이었다. 그전까지 그런 남자를 만나본 적 없던 나는 그가 애교를 떨 때마다 마음속으로 '크흡……귀여워……!'를 외치며 항복하곤 했다.
어느 날 그에게서 문자가 왔다.

– 달 사줘

한마디였다. 문자를 보고 어리둥절했다. 하고많은 것 중에서 왜 달을 사달라는 것일까? 달을 좋아하나 보지? 게다가 달을 따달라는 것도 아니고 사달라니? 무슨 이유로 이런 표현을 했을까? 어디서 달 모양으로 만든 조명 같은 걸 보고 이런 문자를 보낸 건가? 봉이 김선달 같은 단체가 사람들에게 달을 팔기로 했다는 해외 토픽이라도 나왔나? 헉, 혹시 내가 달을 좋아한다는 걸 알았나? 내가 사줄 수 없다고 답장하면 '나는 사줄 수 있는데!'라면서 달 모양 펜던트가 걸린 목걸이를 선물해주려는 걸까? 아냐, 나한테 사주려는 게 아니라 진짜 자기한테 뭘 사달라는 건가?

어쨌든 달을 사달라니 이런 말은 처음 들어본다. 의도가 무엇이 든 다른 것도 아니고 달이라니, 어쩐지 조금 낭만적이기도 하 고…… . 이런 비일상적인 문자에 '달을 어떻게 사?' 같은 일반적 인 답장을 하는 것은 지루한데. 나도 뭔가 이 말에 어울리는 답장 을 하고 싶다…… .

라고 오만 생각을 하다가 나름대로 낭만적일 것이라며 답장을 했다.

– 내가 있으니까 자긴 벌써 가진 거나 마찬가지♡

문자를 보내놓고 어떤 대답이 올지 두근두근 기다렸다.

'달'은 '닭'의 오타였다고 했다.

……잘 지내니? 아직도 치킨 좋아하고?

의미

가끔이지만 '사랑도 사치인가'라는 생각이 들어 우울해질 때가 있다. 연애가 아니라 혼자 품는 연정마저 사치인 것처럼 여겨질 때가 있다. 주로 먹고사느라 허덕일 때 드는 생각이기 마련인데, 더 울적한 때는 나에게 그런 마음이 들게 만드는 이가 나에겐 아무 신경도 쓰지 않고 제 삶을 살아가고 있을 때다.

상대방이 신경 쓰지 않는 감정은 초라하다.
상대방이 신경 쓰지 않는 질투.
상대방이 신경 쓰지 않는 분노.
상대방이 신경 쓰지 않는 연정.
상대방이 신경 쓰지 않는 외로움.

내가 어떤 감정 상태로 있어도 그 누구에게도 어떤 작은 영향도 미치지 않는다는 사실이 안도감을 주는 순간이 있지만, 때로는 괴롭다. 정확히 말하면 세상 사람 모두가 신경 쓰지 않는대도 별 상관없지만 내 감정의 근원이 되는 너.

너에겐 아주 작은 의미라도 되고 싶은 것이다.

부탁이에요

나도 모르게 쏟아낸 마음을 주워 담을 땐
부디 모른 척해주세요···

관건

반짝이는 것

어릴 때 만화경을 좋아했다. 만화경 하나면 얼마든지 심심하지 않게 시간을 보낼 수 있었다. 만화경을 이리저리 돌릴 때마다 그 안에서 가짜 보석 알갱이들이 움직이는 장면이 너무 아름다워 황홀했다.

나는 반짝이는 것을 좋아했다. 구슬치기를 할 줄 모르면서 유리 구슬을 샀다. 그냥 가만히 들여다보고 있는 것이 좋았다. 문구점 에서 파는 손톱만 한, 하나에 50원짜리 가짜 보석도 모았다. 어떤 것은 에메랄드였고 어떤 것은 루비, 어떤 것은 자수정이었다.

엄마는 한동안 원단에 큐빅을 박는 부업을 했다. 중동의 나라들 로 수출되는 원단이랬다. 중동 사람들도 반짝이는 것을 좋아하 는 모양이었다. 나는 엄마에게 큐빅을 얼마간 얻어 소중히 간직 했다.

나는 그 가짜 보석들이 진짜일 수도 있다는 상상을 하곤 했다. 문 구점에서 50원을 주고 샀지만, 알고 보니 진짜가 섞여 있었을 수 도. 원단에 셀 수 없이 박히는 작은 큐빅이지만 중동에선 진짜 보 석으로 대우받으며 수출되는 것일 수도. 유리구슬을 한 번도 본 적 없어서 이것들을 귀하게 여기는 나라, 언젠가 그런 나라에 이 보석들을 들고 갈 일이 생길지도. 그런 상상을 하며 가짜 보석들을 애지중지 간수했다.

어느 날 중대한 결심을 했다. 보석들을 땅에 묻어두자. 다른 이유는 없었다. 그저 좀 더 안전하게, 남들은 모르는 곳에 보관하고 싶었다. 그래서 유리병에 그것들을 담아 마당 한쪽에 묻어두었다.

시간이 지났다. 아마도 몇 달 후였을 것이다. 묻어두었을 때와 마찬가지로, 역시 특별한 이유 없이 어느 날 그것을 다시 파내야겠다고 결심했다.

그런데 땅을 파도 유리병이 보이지 않았다. 여기가 아니라 다른 곳에 묻었던가? 하지만 그 옆에서도, 더 옆에서도, 건너편에서도 유리병은 나오지 않았다. 이럴 수가. 내 보석들을 내가 나서서 잃었다니. 허탈한 일이었지만 어쩌겠는가? 나는 울지도 않고 그 상황을 담담히 받아들였다.

시간이 흘러 그때의 나보다 나이를 곱절로 먹었을 때, 연애를 하기 시작했다. 그때도 나는 반짝이는 것을 찾았다. 불행인지 다행인지 나는 누군가에게서 반짝이는 면을 쉽게 발견했다.

어떤 아이는 처음 본 순간 그 애의 얼굴에서 빛이 났다. 그래서 사랑했다.

어떤 아이의 의지는 너무나 빛났다. 그래서 사랑했다.

어떤 아이의 재능은 보석처럼 빛났다. 그래서 사랑했다.

나는 내가 하는 사랑도 반짝인다고 믿고 있었다. 좋지 않은 상황에서도 마찬가지였다. 어떤 연애를 할 때 나는 많이 울었으나 그게 사랑이라고 믿었다. 어떤 연애를 할 때 나는 스스로를 찔렀으나 사랑하기 때문이라 믿었다. 어떤 연애를 하는 동안엔 존중받지 못했으나 내가 사랑하니까 괜찮다고 믿었다.

그러다 사랑이 끝난 후에야 그 모두가 가짜 보석이었다는 것을 깨닫고 슬퍼했다.

진짜라고 믿던 마음, 진짜라고 믿던 날들, 진짜라고 믿던 약속.

▶

모두 가짜 보석이었다. 눈물을 유리병에 담아두고 반짝이는 보석이라 믿은 것이었다. 사금파리를 손에 꼭 쥐고 피를 흘리면서도 이것은 반짝이니까 보석이라며 놓지 않은 것이었다.

나는 가짜 보석을 잃었던 어린 날보다도 담담하지 못해 엉엉 울었다. 나에겐 왜 진짜 보석이 허락되지 않는 걸까 슬퍼했다. 다시는 가짜 보석에 속지 않을 거라고, 다짐하고 다짐했다.

그러던 어느 해 여름,

나는 너를 만났고

나는 네가 가짜이든 아니든 그런 건 아무 상관 없다고 생각하며 너에게 달려갔다.

춤

보름달 뜨는 밤엔
보름달이어서 춤추고

초승달 뜨는 밤엔
초승달이어서 춤추고

그러면서 살고 싶다.
너랑.

내가 궁금해?

연애 감정이 싹틀 때 반드시 동반되는 것이 '궁금함'일 것이다. 어떤 일을 하는지, 주말엔 뭘 했는지, 누구랑 있었는지, 무슨 꿈이 있는지, 무엇을 좋아하는지, 오늘 기분은 어땠는지, 지금 나를 보면서 무슨 생각을 하는지.

본격적으로 만나기 시작하면서 하나둘 알아가게 되지만, 매일매일 다시 또 새로운 것이 궁금해진다. 어떤 유년을 보냈는지, 친구들과 만나면 무엇을 하는지, 하루 중 무슨 일에 가장 많은 시간을 쓰는지, 어떤 미래를 그리고 있는지, 그 미래에 나도 있는지, 거기에서 나는 어떤 모습인지.

그렇게 상대방에 대한 모든 것이 궁금한 날들을 보내다가, 언젠가부터 궁금한 것이 하나둘 사라지게 될 것이다.

마침내 아무것도 궁금하지 않게 되었을 때 내 마음을 스스로 의심하게 된다. 마찬가지로 상대방이 나에 대해 아무것도 궁금해하지 않는다는 사실을 눈치채는 순간 불안에 휩싸이게 된다.

'사랑이 식었나?'

그가 나를 보며 웃고 있지만, 궁금해하진 않는다는 걸 눈치챈 어
느 날에도 그런 불안이 찾아왔다.

사랑을 하면

도서관에서 초등학생 독서 수업을 진행한 적이 있다. 함께 책을 읽고 글도 쓰는 수업이었다. 어느 날의 주제는 '감정 표현'이었다. 칠판을 반으로 나눠 한쪽엔 긍정적인 감정, 한쪽엔 부정적인 감정을 써보기로 했다. 아이들이 불러주고 내가 받아 적었다.

긍정적인 감정	부정적인 감정
기쁨, 행복, 희망, 즐거움, 고마움, 기대, 만족스러움, 그리움, 설렘, 뿌듯함	화, 슬픔, 걱정, 절망, 괴로움, 외로움, 부끄러움, 질투, 미움, 불안, 창피함, 속상함

"자, 보자. 되게 많지?"
"네에."

칠판을 보다가 나도 모르게 이런 말이 튀어나왔다.

"사랑을 하면 이 감정들을 다 느낄 수 있어."

"우와!"

아이들은 눈이 커져서 칠판에 적은 감정을 읽으며 떠들었다.

"기쁘고 행복하고 즐겁고."
"기대하고 설레고."
"질투는…… 남자친구가 다른 여자를 좋아하면 할 수 있겠다."
"걱정은 왜 해?"
"남자친구가 다른 사람한테 갈까 봐?"

아이들이 떠드는 모습을 보다가 말을 이었다.

"있잖아, 사랑을 하면 이 감정을 다 느껴보게 돼. 그런데 그렇게 감정이 막 넘칠 땐 그걸 표현하게 되거든. 일기를 쓰면서 쏟아붓는 사람도 있어. 욕도 하고, 글씨도 꽉꽉 갈겨 쓰면서. 그림을 그리는 사람도 있고, 노래를 만들어서 부르는 사람도 있어. 가요들

중에선 사랑을 다룬 노래가 많지? 나는 그게, 사람들이 사랑에
대해 할 얘기가 워낙 많아서 그런 게 아닌가 싶어."

그리고 수업을 계속했는데 가끔 그날이 떠오른다.
다 느껴보게 돼. 사랑을 하면.

들릴까 봐

좋으냐?

주고받은 문자를

한 시간째
다시 보는 중.

처음부터 다시.

닮은 사람

비닐봉지를 묶는 방식이 같다거나, 가장 좋아하는 노래가 같다거나, 사소한 습관이 같다거나, 아무튼 우리의 커다란 인생에서 점이라고도 할 수 있을 정도로 작디작은 어떤 공통점을 두고도 강렬한 동질감을 느끼게 되는 경우가 있다.

그러나 가만 보면 그것도 애초에 상대방에 대한 호감이 있을 때나 가능한 일 같다. 싫어하는 사람이 나와 비슷한 습관이 있다는 걸 알게 된다면 오히려 짜증이 날 테다. 또 이미 호감을 가진 상황에서는 동질감을 느낄 점을 찾아내며 그 때문에 상대를 좋아한다고 하겠지?

닮은 사람끼리 좋아한다지만, 어쩌면 이미 좋아하니까 서로 비슷한 부분을 많이 발견하려 애쓰고, 그것에 더 많은 의미를 부여해 기억하는지도 모른다.

언제나 알아볼 수 있었어

이런 사람이 좋아, 저런 사람이 좋아 말하지만
막상 그런 것을 다 파악한 후에
마음을 빼앗기진 않는다.

그런 사람은 어느 날
그냥
내 앞에 나타나는 것이다.

나는 이 사람을 좋아하게 될 거라고
그냥
알아차리게 되는 것이다.

하지만 잠시라도

바라보기만 할 땐 즐겁던 것이
놓칠까 봐 두려운 것이 되면서부터
고통이 시작되겠지.
하지만 잠시라도 갖고 싶겠지.

▶

붉은 점

횡단보도 앞에 서서 하늘을 바라보았다. 비 갠 후 하늘이라 몹시 맑은 파랑이었다. 그 밑에 초록 가로수.

문득 생각해보니 원래 세상은 대부분 파랑이거나 초록이거나 갈색 정도였다. 그래서 꽃이며 열매며 벌레며 돋보이기 위해 자꾸 빨강을 만들어내는 건가.

나도 너의 빨강이 되고 싶던 거지.

붉은 점이 되어 달려가고 싶던 거지.

꿈

내가 좋아하는 미국 드라마 「덱스터」에서 주인공 덱스터는 사랑
하는 사람을 만나고 말한다.

"나는 미래에 관심이 없었다. 미래는 나에게 호의적이지 않을 테
니까. 그러나 갑자기 내 미래에도 가능성이라는 게 생긴 것 같
다."

지난 연애들을 떠올리니 각자 자기 일을 열심히 하며 서로의 꿈
을 얘기하고 응원했던 시간이 가장 행복했다. 둘 다 거창한 꿈을
떠들어댔고, 서로의 꿈이 말도 안 된다고 비웃지 않았다.
넌 그런 꿈이 있구나! 난 이런 꿈이 있는데.
각자의 꿈을 이야기하며 들뜨던 날들.

그러고 보면 20대는 가장 빛나는 시절이었는데도 마음은 늘 미
래에 가 있었다. 그러나 그렇게 미래를 꿈꾸었기에 더욱 빛날 수
있었다.

가질 수 없는 것

누구도 가질 수 없는 것을 소망하는 것은 어쩌면 괜찮다.
하늘의 달이 내 것이 아니라고 괴로워하는 사람은 많지 않을 것
이다.

소망하는 것을 가질 수 있는 다른 사람이 존재할 때 괴로움이 생
긴다.
짝사랑은 그래서 더 슬퍼진다.

이야기

마음으로 천 번쯤 한 이야기는 그냥 당사자에게 자동으로 전달
되면 좋겠다.

예쁜 것

어느 대학 앞을 지나는데, 졸업식인지 거리에 꽃을 파는 사람들이 많았다. 꽃을 사고파는 사람들을 보며 궁금해졌다.

맨 처음 꽃을 꺾어 다른 사람에게 건넨 이는 누구였을까?
좋아하는 사람에게 주었겠지?

예쁜 것을 건네주며 마음을 전한다는 것은 귀여운 일이다.
실용적인 게 아니라 순전히 예쁜 어떤 것을 건넨다는 것.

데이트 날씨

일시 정지

지리적으로 연애의 요충지에 살고 있지만
그럼에도 집이 멀다고 만나보지도 않는 남자가 있다!
연애는 이토록 험난한 것이다……

부정할 순 없어

매력적인 사람이긴 했지···

용쟁호투

연민이여

즐겨 보던 드라마에서 이런 대사가 나왔다.

"연민과 사랑을 헷갈리지 마."

여기저기서 꽤 자주 듣는 말.
연민이 곧 사랑은 아니지만, 연민 없는 사랑은 없기 때문이겠지.
누가 나를 연민하기를 바라지는 않는다. 하지만 사랑한다는 사
람이 나를 연민하지 않는다면…….

소개팅 1

남자 후배들(30대)이 소개팅을 해달라면서 말했다.

"우리의 요구 조건은 간단해. 예쁘고, 20대면 돼."

내가 말했다.

"전혀 간단하지 않아. 예쁘고, 20대이면서, 너희를 좋아해야 하잖아."

소개팅 2

일 때문에 알고 지내던 분이 나에게 '모든 게 완벽한 남자'가 있는데 만나보지 않겠냐며 소개팅을 제안했다. 나는 좋다고 했다. 그런데 잠시 후 다시 와서 다른 남자는 어떠냐고 물어보는 게 아닌가? 뭐 사정이 있겠거니 대수롭지 않게 생각했는데 나중에 알고 보니 주선자가 그 '모든 게 완벽한 남자'를 다른 여자분에게 토스한 거였다!

왜죠?

나보다는 그녀가 '모든 게 완벽한 남자'와 어울렸던 건가요?

나는 부족한가요?

황당한 마음이 되었지만 그렇다고 그분에게 꼬치꼬치 이유를 캐문자니 그것도 내키지 않는 일이라 관뒀다.

이렇게 나는 얼굴도 본 적 없는 '모든 게 완벽한 남자'와 헤어졌다. 물론 그분은 대신 소개해주겠다던 다른 남자도 소개해주지 않았다.

소개팅 3

친구들과 수다를 떨다가 '소개팅을 할 뻔했으나 결국 안 한 남자들' 얘기가 나왔다. 이유는 다양했다. 내 경우엔 '만나기 전에 카톡을 주고받다가 안 맞는다 싶어서', '주선자가 변심해서' 같은 이유들이 있었지만 '서로의 집이 멀어서' 만나지 않겠다고 한 남자가 특히 기억에 남는다.

물론 장거리 연애는 힘들다. 열렬히 사랑하다가 장거리 커플이 된 이들도 힘들어하는데 처음부터 굳이 먼 곳에 사는 사람을 소개받을 이유는 없을지도 모른다. 나도 강원도 철원 주민과 소개팅 주선이 들어왔을 땐 '어떻게 연애하라고?' 싶었다.

그러나 같은 서울에 살면서, 심지어 강서구-강동구처럼 극과 극도 아니면서 집이 멀다고 소개팅을 거부하다니! 참고로 나는 서울의 정한가운데에 살고 있어서 같은 서울이라면 어디든 극과 극이 될 수도 없다고.

지리적으로 연애의 요충지에 살고 있지만 그럼에도 집이 멀다고 만나보지도 않는 남자가 있다!

연애는 이토록 험난한 것이다…….

소개팅 4

예전엔 남자를 소개해주겠다는 사람들의 멘트는 대개 이랬다.

(막상 만나면 실제로 어땠는지는 떠나서)
"진짜 괜찮은 친구야."
"좋은 형이야."
"내가 제일 좋아하는 선배야."

시간이 더 흐르자 그들의 멘트는 바뀌었다.

"그 사람이 다 좋은데 문제가 하나 있다면……."

시간이 더 더 흐르자 그들은 다음과 같이 말했다.

"그 사람도 솔로야."
(단지 둘 다 솔로라는 이유만으로 이어주려는 것이다!)

그리고 이제 다음 단계로 접어들었다.

<사례 1>

"남자친구는 있고?"

"없어요. 하지만 저한테 소개해줄 남자도 없겠죠?"

"응…….."

<사례 2>

"넌 결혼 안 해?"

"오빠 주위 괜찮은 남자를 소개해주세요."

"괜찮은 남자는 이미 다 결혼했거나……."

"???"

"죽었어……."

"죽을 것까지야 없잖아요!!!"

소개팅 5

외로움

"나이 들수록 두려운 게 외로움 아니겠어요?"

매일 참새 100여 마리에게 밥을 주고 있다는 노인이 TV 프로그램에서 말한다. 문득 아직 다가오지 않은 수십 년어치 미래의 외로움이 한꺼번에 밀려오는 듯해 아찔하다. 오 맙소사.

이론과 실제

좋은 사람

완벽한 사람

멀쩡한 사람

고뇌

체격이 좋아야 해

공백기

종이배를 접어요

친구에게 전화가 왔다. 그동안 그냥 지인으로 지내던 사람이 좋아졌다고. 그가 마음에 들어오기 시작하면서 친구는 그에게 안부 문자를 자주 보내기 시작했단다. 그런데 처음엔 아침저녁으로 꼬박꼬박 답장을 하던 그가 어느 날부터 슬슬 대답을 줄이고 있다는 거였다. 이야기를 듣고 있자니 아무래도 그쪽은 연애할 마음이 없어 보였다. 친구도 그 사실을 눈치챘지만 쉽게 마음을 정리하진 못 하겠다고 했다. 이쯤에서 단념하면 차라리 '좋은 지인'으로 남을 수 있다는 것을 알면서도 자꾸만 폭주하게 된다는 것이다. 아아, 그것이 어떤 심정인지 나도 안다.

누군가를 좋아하거나 좋아하지 않는 것은 순전히 내 마음에 달린 것 같으면서도 내 마음대로 되지 않는 이상한 일이다. 어쩔 수 없이 좋아하게 되고, 어쩔 수 없이 좋아하지 못한다. 내 마음이 어쩔 수 없이 뜨거울 수 있다면, 저쪽의 마음도 어쩔 수 없이 차가울 수 있는 것이다.

그러니 상대방이 나를 좋아하지 않는다는 것을 알면서도 마음을 달래기 어렵다면, '저 사람도 어쩔 수 없나 보다' 생각하며 묵묵히 마음을 접자. 그리고 접은 마음을 종이배처럼 흘려보내자. 우리만 그러는 게 아니다. 가끔씩 이유 없이 하수구 막히고 그러는 거, 윗집 아랫집 옆집에 사는 필부필부들이 매일 밤 마음을 흘려보내 그런 거라는 소문이 있다. 그런 후에 조용히 시나 한 편 낭송하는 걸로 깔끔하게 마무리하자.

"문자 해도 대답 없는 이름이여,
찔러보다 내가 죽을 이름이여……."

허기

내 타입이 아냐

이것은 2011년에 쓴 노래다. 당시 내 심정을 구구절절 담았다.
멜로디도 붙여서 어설프게 부른 동영상을 그 즈음 유튜브에 올
리기도 했는데 중독성이 있어서 어느 날 자기도 모르게 흥얼거
렸다는 친구들의 증언도 있었다!
언젠가 정식으로 녹음해서 음원을 출시하겠다는 야심을 갖고 있
는데 이곳은 책이니 가사만 공개한다.

〈내 타입이 아냐〉

허전한 마음을 달래고 싶긴 하지만
그 앤 내 타입이 아냐
집으로 돌아오는 길이 쓸쓸하지만
그 앤 내 타입이 아냐
크리스마스를 혼자 보내긴 싫지만
그 앤 내 타입이 아냐
약속 없는 주말이 너무나 외롭지만

그 앤 내 타입이 아냐

눈이 높고 낮은 문제가 아냐
내 타입이라는 게 있단 말야
그걸 포기하자면 왜 사귀어
내 타입을 만나야지

이런 날씨에 혼자 누워 있긴 싫지만
그 앤 내 타입이 아냐
이러다 평생을 솔로로 사나 싶지만
그 앤 내 타입이 아냐
왜 혼자냐는 질문이 이젠 지겹지만
그 앤 내 타입이 아냐

내 타입이 아니면 안 돼
그 앤 내 타입이 아냐

자존심이라는 게 있어
그 앤 내 타입이 아냐
자꾸 만나보라고 하지 마
그 앤
내 타입이 아니야!

이상형

결혼

지금 이 순간 작업실의 라디에이터보다 나에게 행복을 주는 게

없다. 라디에이터와 결혼하고 싶다.

축의금은 모아서 전기요금으로…….

당부

설거지

흑역사

친구와 옛일을 떠올리며 문자를 주고받았다. 오랫동안 알고 지내 그동안 서로 누구를 만나 어떤 연애를 했는지 속속들이 알고 있는 사이였다. 이런 사이에서는 지난 일들을 구구절절 설명할 필요가 없다. '전에 만났던 누구 말이야' 하고 운을 띄우면 '아, 그 누구누구?' 하고 알아들으니까. 척하면 착, 대화가 물 흐르듯 흐른다.

한참 문자로 수다를 떨다 보니 내 과거를 다 알고, 언제든 그 일들을 소재로 수다를 떨 수 있는 친구가 있어 좋다는 생각이 들었다. 그래서 이렇게 문자를 보냈다.

- 내 흑역사를 모두 알고 있는 네가 있어서 좋다.

잠시 후 이런 답장이 왔다.

- 그래? 나는 생명의 위협을 느껴.

악플의 대가

어느 겨울, 약속과 약속 사이 남는 시간을 시내 모 PC방에서 보내던 나는 어느 게시판에 올라온 글에 익명으로 악플을 달았다. 이름이 조금 알려진 전 애인 A에 대한 글에 참지 못하고 그런 짓을 한 것이다.

헤어졌다고 악플이라니? 너무 유치한 것 아닌가!

비난한다면 할 말이 없지만 그는 나와 사귀다가 내 생활 반경에 있던 다른 여자와 바람이 난 남자였단 말이다.

가슴에 손을 얹고, 악플을 단 건 그게 난생처음이었다.

어쨌든 나는 그가 바람이나 피우고 다니는 나쁜 놈이라고 댓글을 달았다.

그러나 그 순간부터 나는 계속 댓글에 대한 생각만 해야 했다.

'역시 너무 찌질한가?'란 생각에 스스로가 한심했고

'그런 글을 남겨서 내가 얻을 게 뭔가?'란 생각에 허탈했고

'당사자가 그 글을 본다면 누군가가 자신의 개인사를 알고 있다는 것 때문에 얼마나 두려울 것인가?'란 생각에 마음이 불편했고

'그런데 A가 그 댓글을 보고 내가 작성한 걸 단번에 눈치채지 않을까?'란 생각에 낯부끄러웠다.

한편 '흥, 못된 짓을 했다면 알려지는 것도 두려워 말아야지'라는 생각이 들기도 했다.

그 글을 지울 것이냐 내버려둘 것이냐.

생각은 꼬리에 꼬리를 물었고 갈팡질팡했다. 범죄자가 범죄 현장을 다시 찾듯, 나는 수시로 그 게시판을 들락거리며 고민하고 있었다.

이틀쯤 지나니까 이번엔 '혹시 A가 이 글을 사이버수사대에 신고하는 건 아닐까?'라는 걱정까지 시작되었다.

아직 내 댓글을 본 사람이 없는지 게시판은 조용한 상태였다.

하지만 뒤늦게라도 누군가가 보고 퍼가기 시작한다면?

당사자가 공개를 원치 않는 사생활을 쓴 것인데, A가 그 글을 보고 화가 나서 최초 유포자를 신고라도 한다면?

처벌의 유무를 떠나 내 정체가 밝혀졌을 때 얼마나 부끄러울까.

심란하면 산책을 하며 생각을 정리하는 나는 그날 새벽 4시에 동네 놀이터를 빙빙 돌다가 결국 그 글을 지우기로 결정했다.

어느새 나는 A에 대한 미안함보다, 명예훼손으로 범죄자가 될 수도 있다는 두려움으로 떨고 있었다. 두려워지기 시작하니, 이틀 전 출입했던 PC방 입구에 큼직한 글씨로 붙어 있던 'CCTV 작동 중'이란 안내문마저 섬광처럼 번뜩이며 머릿속을 스쳐갔다.

경찰서로 호출되어 취조를 받고 있는 내 모습이 상상됐고 운 없게도 기삿거리를 찾던 일간지 기자의 눈에 띄어 기사화되는 사태로까지 생각이 발전했다.

⟨도 모씨는 'A와 헤어진 후 관련 게시물을 발견하고 순간적인 충동을 참지 못했다'며 선처를 호소⋯⋯⟩

집으로 발걸음을 재촉하던 나는, 이내 반대 방향으로 발걸음을 돌렸다. 집에서 지우면 게시판 접속 기록이 남을 수도 있으니 나중에 오리발이라도 내밀 수 있도록 PC방에서 지우기로 했던 것이다. 참으로 소심하고도 용의주도한 행보였다.

원래는 놀이터만 돌다가 올 생각이었기에 따로 들고 나온 건 아무것도 없었다. 다만 점퍼 주머니엔 며칠 전 넣어둔 천 원짜리 몇 장이 있을 뿐이었다. PC방 요금은 잘해야 1~2천 원이니까. 나는 동네 골목길을 내려와 횡단보도를 건너 PC방으로 향했다.

그런데 PC방을 100여 미터 남겨둔 지점에서 불 켜진 설렁탕집 간판을 보자마자 걸음이 느려졌다. 평소 설렁탕이라면 사족을 못 쓰는 데다가, 마침 몹시 배고팠다.
PC방에 갔다가 설렁탕을 먹을까?
설렁탕부터 먹고 PC방에 갈까?
잠시 망설이던 나는 '그래, 일단 허기진 배부터 든든하게 채우고 그 글을 지우러 가자!' 결심하고 식당 문을 열었다.

겨울 새벽. 식당 안엔 설렁탕과 수육을 안주 삼아 소주를 마시면서 불콰한 얼굴로 얘기꽃을 피우는 남자들이 몇 팀 있었다. 나는 구석 자리로 가서 짐짓 태연한 척 설렁탕을 주문한 다음 식당에 비치된 신문을 넘겨 보며 혼자 열심히 설렁탕을 먹었다. 그렇게 맛있을 수가 없었다.

설렁탕을 다 먹고 나서야 깨달았다. 점퍼 주머니에 있는 돈이 정확히 얼마인지 모른다는 사실을. 계속 악플 생각을 하느라 넋이 나가 있기도 했고 평소에 현금이 없으면 카드 든 지갑이라도 갖고 다녔다는 이유도 한몫했다.

돈을 꺼내 세어보니 5천 원.

떨리는 마음으로 메뉴판을 보니 6천 원…….

머릿속에 사이렌이 울리기 시작했다.

일단 5천 원만 내고 천 원은 내일 준다고 할까? 그 정도는 봐주겠지?

그런데 그러면 PC방은 못 가잖아. 이 추위에 여기까지 왔는데 악플도 못 지우고 돌아가야 하잖아. 내가 왜 이 새벽, 이 추위에 여기까지 왔는데. 그 놈의 글을 지우려고 온 건데!

고민하던 나는 꼼수를 쓰기로 했다. 가기로 한 PC방 요금이 얼마인지 모르니, 수중의 5천 원 중에서 넉넉히 2천 원을 챙겨두고 식당엔 3천 원으로 잘 얘기해보기로 한 것이다.

일단 PC방에 가서 악플을 지우고, 집으로 돌아가서 오전이든 오후이든 아무튼 지금보다는 덜 추울 때, 남은 3천 원을 가져다주면 될 것이다.

주섬주섬 일어나 식당 아주머니에게 다가갔다.

"아주머니, 죄송해요. 제가 주머니에 돈이 넉넉한 줄 알았는데 지금 보니까 부족하네요."

"네?"

아주머니의 얼굴에 당황한 빛이 역력했다.

"정말 죄송합니다. 제가 이 동네 주민인데, 일단 이 돈만 드리고 낮에 나머지를 드리면 안 될까요?"

"……얼마나 있는데요?"

"3천 원이요."

"(놀란 듯이) 3천 원이요? 곤란한데……."

아주머니의 말투는 5천 원이었다면 봐줄 수도 있을 것 같은 말투였지만 이미 늦었다. 그제야 '저, 사실은 5천 원 있어요'라고 말할 수도 없는 노릇 아닌가.

"내가 여기 사장이 아니라서…… 나도 종업원이라 내 맘대로 할 수가 없어요."

아주머니도 어쩔 줄 몰라 하고 있었다. 식당 안의 모든 사람들이 대화를 멈추고 나를 보는 것만 같았다.
다른 방도가 없었다. 뭔가 맡기고 돈을 가지러 집에 다녀오는 수밖에.
……결국 나는 입고 있던 점퍼를 벗어 맡겨놓고 식당을 나섰다.
참담한 심정으로 아직 어두운 겨울 새벽 거리를 티셔츠 바람으로 뛰고 또 뛰었다.

집에서 지갑을 챙겨 나와, 다시 식당으로 달리고 달려서
나머지 3천 원을 지불하고 점퍼를 받은 후에
PC방으로 들어가서 악플을 지우자마자 — 3분도 안 걸렸다 —
요금 천 원을 지불하고 나왔다.

모든 게 악플 때문이었다.
악플의 대가는 너무 추웠다.

챔피언

여름 지하철.
어떤 남자가 여자친구에게
열심히 부채질을 해주고 있습니다.

그 여자분 옆에 앉아
덤으로 부채질을 받고 있는 내가 챔피언.

너는 망했어

너는 망했어.
난 이제 네 생각을 하지 않아.

아직도 네가 주인공이니?

누구나 자기 인생에서는 자기가 주인공이다. 그러나 살면서 그 사실을 떠올리기가 쉽지 않다. 정신없이 살다 보면 내가 세상의 작디작은 부속품처럼 느껴질 때도 있고, 그나마 부속조차 되지 못하고 아무것도 아닌 존재처럼 여겨질 때도 있다.

연애하는 동안엔 내가 내 인생의 주인공이라는 사실을 만끽하게 된다. 세상의 많은 일들이 달콤하다. 마치 나를 위해 세상이 존재하는 것 같다. 뿐만 아니라 서로의 인생에서도 주인공이 된다. 그가 나를 위해 살아간다고 속삭이고 내가 그를 위해 살고 있다고 믿는다. 그러다 헤어지는 순간 그 배역은 끝난다. 이제 나는 다시 나 혼자의 역을 다하는 사람이 된다.

그러나 그것을 받아들이지 않는 사람들이 있다. 그들은 지나간 연인이 여전히 자기를 주인공으로 여겨주길 바라고 요구한다. 그의 인생에서 변함없는 주인공이 되고 싶은 것이다. 그렇게 되기 위해 동정심을 유발하는 등 자존심을 버리는 행동도 서슴지 않는다. '내가 너에게 아직도' 중요한 사람이란 것을 확인하고 싶어 하고, 확인한 후엔 안심하고 다시 자기 일을 하다가 한 번씩 또 나타나 확인하려 든다.

그런 태도에 휘둘리지 않으려면 단호히 멀리해야 하지만, 한때 사랑을 나눈 사이여서 그렇게 냉정하게 대하지 못한다. 내가 아직도 저 사람에게 중요한 존재라는 사실을 확인하며 기쁨을 느끼기도 하고. 그래, 이러니저러니 해도 둘이 쿵짝이 잘 맞아 주거니 받거니 사는 걸 누가 뭐라고 간섭할 수 있을까.

문제는 그 둘 사이에 낀, 양쪽의 현재 애인들이다. '아직도 서로 좋은 감정을 갖고 있는, 한때 연인이었지만 지금은 서로 잘 아는 친구 사이'인 둘 사이에 끼어서 영 불편한 연애를 해야 하는, 바로 현재의 애인들!

여기까지 읽은 분들이라면 내가 다른 글들에 비해 흥분한 말투로 성토하고 있다고 느낄 수도 있을 것 같은데, 내가 그렇게 개인적으로 맺힌 감정이나 글에 담는 얄팍한 사람이라고 생각했다면 어떻게 알았지.

내가 그 둘 사이에 낀 존재였다.

오래전 일인데도 그때를 떠올리고 있자니 혈압이 조금 올랐다.

잠시 물 좀 마시고 와야지…….

다정한 기계

어느 밤, 홈쇼핑 방송을 보다가 덜컥 안마기를 구입했다. 안마를 받고 있는 모델들의 표정이 진짜로 행복해 보였기 때문이다. 받아본 안마기는 과연 마음에 들었다. 목과 어깨를 시원하게 주물러주는 안마기에 몸을 맡기고 있다 보면 이런 생각이 든다. 앞으로 내가 의지할 곳은 기계뿐일지도 모른다고. 그러고는 다정한 기계들에 둘러싸여 노년을 보낼 수 있도록 돈을 모아두자고 비장한 결심을 해버리고 만다. 그 기계들 중 하나는 '뭘 어떻게 해야 할지 몰라 쩔쩔맬 때 손을 딱 잡아주는 기계'일 것이다.

아직까지 파는 것을 보지는 못했으나 내가 노년이 되기 전엔 나오겠지.

기차놀이

개와 함께 산책할 때면 개를 귀여워하며 다가오는 연인들을 종
종 만나게 된다.
한쪽이 "꺄아! 귀여워!" 하고 다가오면
나머지 한쪽이 그런 연인의 모습을 귀여워하는 것이다.
당사자들에겐 더없이 달달하고 소중한 순간이겠지만 나는 마음
속으로 이렇게 외친 적이 한두 번이 아니다.
'제발 그만! 왜 하필 내 앞에서!'

그날도 개를 데리고 산책하다가 남녀 커플과 마주쳤다.
여자가 허리를 굽혀 우쭈쭈 하더니 개 주인인 나에게 묻지도 않
고 개의 머리를 쓰다듬기 시작했다.
그리고 그런 여자의 머리를 남자가 쓰다듬기 시작!
어쩐지 나도 가만있을 수 없어 남자의 머리를 노려 기차놀이를
완성하고 싶었으나 실패했다.

되감기

사랑답지 않은 사랑
이별답지 않은 이별

답지 않은 것들이
늘 곤란해

좋아해줘, 거기 말고 다른 점을

미국 드라마 「섹스 앤 더 시티」에는 사만다가 성인용품 모델을 만나는 에피소드가 있다. 사만다는 몸이 좋은 그와 섹스하는 걸 좋아하지만, 그는 자기가 모델 일을 하지 않는 시간에 시를 쓴다는 사실을 어필하고 싶어 한다. 급기야 사만다를 앞에 두고 자작시를 읊어주기도 한다.

현실에서도 비슷한 경우를 보았다. 생기발랄하고 유쾌했던 여자분이 있었다. 그런 면을 좋아하는 남자들에게 인기가 많았다. 그러나 그녀는 자신의 섬세하고 예민한 면을 봐주는 사람을 원했다. 그러니 자기를 좋아하는 사람과 자기가 마음이 가는 사람이 자꾸 어긋나는 상황이 발생했다.

사람은 누가 자기를 좋아한다는 사실만으로는 만족하지 않는 것인지도 모른다. 내가 좋아하고 자랑스러워하는 나의 어떤 면을 상대방이 알아봐주길 기대한다.

이 글을 쓰고 있으니 언젠가 나를 카페에 앉혀놓고 자기가 생각하는 나의 단점을 줄줄이 읊더니 '니는 너의 이린 면까지 모두 이해하고 사랑할 수 있다'며 구애(?)하던 남자가 떠오른다.

그때는 다른 이유를 들어 거절했지만, 이제와 뒤늦은 대답을 해본다.

이봐요, 댁이 말한 내 단점들이 모두 사실이라 한들 나는 내 바닥을 잘 아는 사람이 아니라, 바닥이 아닌 면을 봐주는 사람을 원해요.

정떨어졌어

정은 서서히 옅어지거나 흐려지는 게 아니다. 어느 날 어떤 일을 계기로 순식간에 뚝, '떨어지는' 것이다. 물론 그동안 쌓이고 쌓이던 나쁜 감정이 어느 순간 방아쇠 역할을 한 것일 수도 있겠지. 그러나 누구나 경험해보지 않았는가?

자기 자신조차 합리적으로 설명할 수 없는 순간의 정떨어짐을.

그래서 우리는 친구들을 만나 누구누구에게 정떨어진 사연을 몇 번이고 되풀이해 이야기하며 확인하는 것이다. 그렇게 정떨어진 게 잘못이 아니었다는 사실을.

고민

쿵짝

수다 떨 때 유난히 쿵짝이 잘 맞았던 구 남친이 생각날 때가 있다. 가끔은 그 친구랑 다시 사귀진 않더라도 그냥 종종 만나 수다를 떨고 싶다는 생각이 들기도 한다. 그러자고 다시 연락을 하는 건 우습다는 걸 잘 알기에 참는다.

어쨌든 세상엔 여러 유형의 '쿵짝'이 있을 것이다. 이를테면 '좋아하는 것이 같다'거나 '같은 취미를 갖고 있어서'라거나 '추구하는 이상향이 같다'거나 하는 식으로 말이다.

우리의 쿵짝은 그렇게 건전한 방향은 아니었다. 우리 두 사람은 매우 비슷하게 비열했고, 그것이 즐거운 수다의 핵심이었으니까.

빈틈과 요철

화장을 시작한 이후 처음으로 내 피부색과 거의 비슷한 파운데이션을 찾아 쓰기 시작했다. 이전보다 화장이 잘 받는 느낌이었는데, 계속 쓰다 보니 피부색과 비슷한 파운데이션이라 화장이 잘 받지 않는 날에도 티가 별로 나지 않는 것 같기도 했다.

잘 맞는다는 건 그런 것인지도 모른다.

모든 게 꼭 들어맞는 빈틈없는 관계가 아니라, 빈틈이 있어도 크게 어긋나지 않는 관계.

유유상종이라지만 서로 많이 닮은 사람들끼리만 꼭 친해지는 것도 아니고, 어떤 경우엔 오히려 비슷한 사람끼리 가까워지는 게 어렵기도 하다. 테트리스에 비유하자면 같은 블록끼리 어울리는 게 아니라, 요철이 들어맞는 블록 같은 사이가 잘 맞는 사이랄까.

나비

어느 가을, 이 꽃 저 꽃 부지런히 옮겨 다니는 나비를 보았다.
애잔한 마음이 들었다. 살날이 얼마 남지 않았을 테니.
하지만 부러운 마음도 들었다. 한 철만 살아도 된다는 것이.

사람에겐 너무 많은 계절이 오고 간다.
한 철로 끝나는 사랑을 슬퍼해야 한다.

사랑한다, 안 한다

어릴 때 길가에 핀 들꽃의 꽃잎을 한 장씩 따면서 "사랑한다, 안
한다, 사랑한다, 안 한다……"를 해보곤 했다. 사랑이 뭔지도 몰
랐으면서 어디선가 보고 배워 그렇게 놀곤 했다.

'사랑한다'로 끝나면 신이 났고, '안 한다'로 끝나면 시무룩했다.

그리고 '사랑한다'로 끝날 때까지 다른 꽃으로 다시 도전했다.

그때는 알지 못했다.

어른이 되어서 그 과정을 되풀이하게 될 거라는 걸.

사랑한다, 안 한다, 사랑한다, 안 한다.

그것을 울고 웃으며 반복하게 될 거라는 걸.

이제는 더 이상 '사랑한다'로 끝날 때까지 막무가내로 다시 도전
할 수 없다는 것도.

쉽게 얻기 힘든 것

라디오에서 설문조사 결과가 나왔다. 많은 사람이 '나쁜 남자, 나쁜 여자가 더 좋다'고 대답했단다. 왜인지 사람들은 쉽게 얻기 힘든 것이 더 가치 있다고 믿기도 한다. 유지하는 것이 고통스러울수록 그것을 중요하다 여기고 집착하는 듯도 하다.

나도 그런 때가 있었다.

그러나 지금은 생각한다. 고통을 주는 건 그냥 고통을 주는 것일 뿐이라고.

그것을 힘들게 얻어봐야 고통을 주는 것을 가진 사람이 될 뿐이라고.

답지 않은 것

사랑답지 않은 사랑.

이별답지 않은 이별.

가슴에 못을 박는 것들은 대체로 그랬다.

적다 보니 무슨 단어를 붙여도 얼추 그러하겠구나.

답지 않은 것들이 늘 곤란해.

쌓여야 알 수 있는 것

누군가를 만나면서 좋지 않은 감정이 쌓일 때가 있다.

서운함이라거나 속상함이라거나.

그런 감정이 쌓이는 이유도 각양각색이라 미리 예방하는 건 불가능에 가깝다. 그럴 때면 '앞으로는 이 감정 저 감정 쌓지 말고 바로 털어버려야지' 다짐하게 되기도 한다.

그러나 쌓여야 알 수 있게 되는 감정도 있다. 하나씩 겪을 때는 내가 기분이 왜 나쁜지, 왜 이렇게 개운하지 않고 찝찝한 마음이 드는지 잘 모른다. 그러다가 그런 일들이 쌓이면 비로소 어떤 감정인지 알게 되는 일들이 있다.

눈 쌓인 나뭇가지처럼, 부러지고 나서야 버거웠다는 것을 알게 되면서.

술과 장미의 나날

그 애는 술을 너무 좋아했다. 취하는 것을 좋아하는 아이였다. 기분이 좋을 때 술에 취하면 벌건 얼굴로 히죽히죽 끝없이 웃었다. 기분이 나쁠 때 술에 취하면 연신 이마의 땀을 닦으며 투덜거렸다. 어느 쪽이든 취하지 않은 상태보다는 행복해 보였다.

나는 그 애의 여자친구였다. 우리는 서울을 쏘다니며 술을 마셨다. 신촌에서 만나면 신촌에서 취했다. 광화문에서 만나면 광화문에서 취했다. 이대 앞에서 만나면 이대 앞에서 취한 채로 홍대 앞까지 걸어가서 또 술을 마셨다.

어느 밤 나는 취한 채로 길을 걸으며 하염없이 울었다. 그 애는 취한 채로 나를 달래려 했으나 소용없었다. 나는 슬펐고 눈물은 멈추지 않았다. 그렇게 엉엉 울며 걷다가 꽃집 앞을 지날 때였다. 그 애가 작은 화분을 하나 집어 들고 달리기 시작했다. 갑작스런 도둑질에 당황한 나도 같이 달리기 시작했다.

취한 채로 화분을 움켜쥐고 저만치 달려 나가는 그 애의 뒤에, 취한 채로 울다가 엉겁결에 따라 달리는 내가 있었다.

그렇게 한참을 달리다가 멈추었다. 그 애는 화분을 내게 내밀며
말했다.

"울지 마. 울지 말라고 주는 거야."
"그렇다고 훔치면 어떡해?"
"네가 울잖아."

나는 눈물 콧물 땀범벅이 된 얼굴로 화분을 받았다. 미니 장미였
다. 가난해서 술값도 매번 내지 못하던 그 애가 나에게 준 처음이
자 마지막 꽃이었다.
우리는 그 밤 이후로도 취한 채로 쏘다니고, 취한 채로 사랑하고,
취한 채로 다투다가, 기어이 취한 채로 헤어졌다.
그 애와 헤어지고 나는 꽤 오래 술을 끊었다. 그 사이 나는 내가
사는 빌라 앞 화단으로 장미를 옮겨 심었고, 장미는 거기서도 무
성하게 자라며 해마다 많은 꽃을 피워냈다.

장미를 보아도 더 이상 그 애가 떠오르지 않을 만큼 시간이 흐른 어느 날이었다. 그날따라 우리 동네 환경미화원은 보통 사람의 일생엔 한 번 있기도 어려운 일을 치렀다. 경사진 길에 세워놓은 청소차가 미끄러지면서 빌라를 들이받은 것이다. 청소차는 장미가 있던 화단을 들이받고 현관을 부쉈다.

그렇게 아무 맥락 없이 뜬금없는 사고로 내 연애의 증거 하나가 숨을 거두었다.

내 아픔 아시는 당신

「내 아픔 아시는 당신께」란 노래가 있다.

내 아픔 아시는 당신께 내 모든 사랑 드려요.
이 눈물 보시는 당신에게 내 마음 드려요.

이 노래를 듣다 보면 이런저런 생각이 든다. 사람은 자신의 멋지
고 근사한 면을 알아봐주는 사람에게 마음이 가기도 하지만, 반
대로 어둡거나 약한 면을 비웃지 않고 보듬어주는 사람에게도
호감을 느낄 수 있다.

그 마음이 이해되는 한편, 상대방 입장에서 생각하면 또 다른 생
각도 든다. '내 아픔 아시는 당신께 내 모든 사랑 드리겠다'고 말
하며 다가오는 사람에게서 도망가라는 외침이 들려오는 것이다.
유난히 자기가 없으면 제대로 살 수 없을 것 같은 위태로운 사람
만 골라서 좋아하는 사람들이 있다. 자칫하면 지옥문이 열린다.
일단 성인이 된 지 좀 됐는데도 타인에게 구원을 바라는 이는 이
미 구원받을 생각이 없는 사람일 수 있다는 것을 염두에 둬야 한

다. 그가 바라는 포지션은 늘 '구원받아야 하는 존재'인지도 모른다.

하지만 일단 그런 이에게 빠졌다면 금방 헤어 나오긴 어려울 것이다.
그가 나에게 구원을 갈구하는 동안에는
내가 중요한 사람이라는 기분이 들 테니까.

복수

너를 소중하게 여기지 않는 사람 때문에

언제든 과거로 돌아가
지난날의 나에게 무슨 말이든 할 수 있다면
이 말을 꼭 해주고 싶다.

"너를 소중하게 여기지 않는 사람 때문에 슬퍼하지 말렴."

든든하구나

궁금하긴 해

다시 오긴 올까

나 항상 그대 곁에 머물겠어요. 떠나지 않아요.

이문세의 「소녀」를 듣다가 눈물이 찔끔 났다.
영원한 사랑이 있느냐 없느냐가 뭐가 중요한가?
영원할 거라 약속하는 순간이 중요하지.

아, 그 순간이 그립다. 다시 오긴 올까.

남자 달력

친구에게 어느 영화의 개봉 시기를 물으니 친구가 말했다.

"내가 그 영화를 A랑 같이 봤으니까⋯⋯2년 전이네."

내가 말했다.

"아직 남자 달력을 사용하는구나. 나도 예전엔 어떤 시기를 떠올
릴 때 누구랑 만나던 때니까 몇 년도가 맞아, 하는 식으로 남자
달력을 썼는데.
요즘은 음식 달력을 써. 그때가 한창 육개장칼국수를 많이 먹을
때였으니까 3년 전 가을이 맞지, 하는 식이지⋯⋯."

히스테리

10분만 기다려

언젠가 만난 남자는 나를 늘 길에서 10분 이상 기다리며 서 있게
했다. 어느 날은 10분, 어느 날은 15분, 어느 날은 그 이상. 나는
대학생이었고 그는 직장인이었는데, 일이 바쁘다는 이유로 대부
분의 약속을 그의 직장 근처 지하철역에서 잡았다. 미리 몇 시에
만나자고 약속을 하지만 내가 지하철을 타고 가면서 '몇 정거장
후에 내린다'고 전화했을 때, 그가 일을 정리하고 나오는 식이었
다. 하지만 10분 후에 도착한다고 전화해도 10분 후에 나오지 않
았다. 아예 20분 전에 전화해서 10분 후에 도착한다고 뻥을 쳐봤
지만 소용없었다. 그는 여전히 늦게 나왔다. 아마도 만나기로 약
속한 시간은 아예 무시하고 있다가 내가 전화할 때부터 일을 마
무리하기 시작했던 것 같다.

지금이라면 애초에 늘 나를 회사 근처로만 부르는 것에 응하지
않거나, 바쁜 사정임을 이해해 백번 양보한다 해도 그냥 처음부
터 앉아서 기다릴 수 있는 곳을 약속 장소로 잡거나 했을 텐데.
그때만 해도 꼬박꼬박 지하철역 앞에 서서 그를 기다렸다. 기다
릴 때면 스멀스멀 화가 나다가도 막상 얼굴을 보면 좋으니 별수

없기도 했다.

그러나 만날 때마다 같은 상황이 되풀이되면서 한계가 오기 시작했다. 일단 '금방 내린다'고 전화하는 순간부터 짜증이 나기 시작했다.

'전화하면 뭐해? 어차피 늦게 나올 텐데?'

지하철에서 내려 지상으로 올라가는 에스컬레이터에서도 짜증이 났다.

'나가면 뭐 하지? 어차피 나오지 않았을 텐데?'

그리고 역시나 혼자 서서 기다리다가 저쪽에서 걸어오는, 뛰지도 않고 걸어오는 저 남자, 미안한 기색 없는 저 남자에게 짜증이 폭발했다. 그와 헤어진 데엔 다른 여러 이유도 있었지만, 이 일도 크게 한몫했다.

상대방에게 한참 빠졌을 땐 참을 만하다고 생각하던 일도 계속 되풀이되고 쌓이면 어느 날 '지긋지긋하다'는 생각이 들기 마련이다. 그 순간이 닥치고 나면 관계를 돌리기에는 이미 늦다.

누군가 사소한 일로 화를 내며 이별이나 절교를 선언하면 그 사람 속이 좁다거나 유별나다는 식의 이야기가 나오기도 한다. 그러나 그런 이야기를 들을 때면 몰래 생각하곤 한다.

그간 불만 포인트가 98점까지 차곡차곡 쌓였다가, 마지막 2점이 얹혀 100점이 되는 순간 폭발한 것일 거라고.

어떤 아우라

너와 나의 20대

충고

리빙 포인트

내가 좋아하는 사람도 마침 나를 좋아하고 있다면

비긴 셈이니 없던 일로 하면 좋습니다.

고백

'정말로 지구 종말이 닥친다면 무엇을 할까?'

상상해본 적이 있다. 한 달 후, 일주일 후, 바로 내일 지구가 망하는 것이 확실해진다면, 나는 무엇을 하며 남은 시간을 보낼 것인가.

우선 가장 가까운 가족에게 고맙고 미안했던 것을 끊임없이 말할 것 같다. 내 잘못인 줄 알면서도 사과하지 못한 이들에게도 용기 내어 하나하나 사과할 수 있을 것 같다. 그리고 어쩌면 혼자서 몰래 좋아했던 이들에게도 솔직히 얘기할 수 있을 것 같다. 사실은 그 시절 내가 당신을 좋아했다고.

여기까지 생각이 미치자 문득 궁금해졌다.

최후의 순간 하게 될 것은, 결국, 고백일까?

그렇다면 살아갈 날이 남았다는 것이, 고백을 다 못 하게 만드는 이유가 되는 걸까?

그리고 가만히 생각해본다.

나

당신

우리 모두

그것이 어떤 고백이든 너무 늦지 않기를.

우리의 삶이 언제까지 계속될지 알 수 없으므로.

감수할 수 있다면

나는 생선 중에서도 갈치를 참 좋아하는데, 잔가시가 많은 것 정도는 아무 문제도 되지 않는다. 하지만 가시가 많은 게 싫어서 갈치를 먹지 않는 사람들도 많다. 아마 그들은 가시를 발라내는 귀찮음을 감수할 정도로 갈치가 맛있다고 생각하지 않은 거겠지.

다른 일들도 비슷한 거라고 생각한다. 똑같이 마음에 안 드는 점이 있는 두 사람이 있을 때, 누구는 그 점은 별로지만 감수할 수 있을 만큼 다른 점이 좋으니 계속 만나고, 누구는 그 점을 감수할 만큼 좋지는 않으니 만나지 않는 것이다.

알고 있었어

'갑자기'가 아니었다.

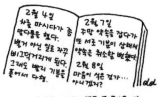

내가 애써 모른 척했을 뿐.

헤어진 후에 일기장을 넘겨보다가, 새롭게 깨달았다. 우리가 잘 맞지 않는다는 사실을 나는 이미 알고 있었지만 어떻게든 맞춰갈 수 있을 것 같았고, 다만 네가 그 사실을 눈치채지 않기를 바라고 있었다는 것을.

어떻게든 맞춰갈 수 있을 거라 믿은 것은 착각이었지만, 나는 끝까지 그럴 마음이 있었다고 우기면서 헤어진 이유를 너에게만 돌리려고 했던 것 같다.

사실은 그냥 그렇게 될 일이었는데.

한쪽의 책임이 아니라 그냥 우리는 아닌 사이였던 거지.

소금

사랑은 날아갔지만 그 자리엔 기억이 소금처럼 남았네.

가끔 괜히 조금씩 찍어 먹어본다.

아이쿠 짭짜름.

달

몸은 피곤한데 잠은 왜 이리 안 오나 했더니,
마음에 달이 떴네.

마음에 뜬 달을 떼어서,
두 번 접어,
베개 밑에 넣어둔다.

자자.

빨리감기

쉽게 지워지는 얼룩이 꼭 내 연애 같았다
구질구질한 게 꼭 내 연애 같았다
끝난 연애는 무슨 이유로든 울분을 터뜨리게 한다

진짜
아무나는
싫지.

이럴 수가

만 원

이별 scene 1

우리는 공원 풀밭에 나란히 앉아 있었다. 조금 전에 중학생들의
눈을 피해 카페에서 나와 자리를 옮긴 상황이었다. 카페에선 옆
테이블에 앉은 대여섯 명의 중학생들이 우리 쪽을 계속 흘끔거
리며 수군거렸다. 이제 막 성인이 된 우리는 사귀는 것도 서툴렀
고 헤어지는 것도 서툴렀다.

나는 우느라 눈물 콧물 범벅이었고, 남자애도 눈이 벌게져서는
목이 메인다며 '마음이 아프다'라고 적은 메모지를 내 앞에 내밀
었다. 중학생들이 보기에 얼마나 흥미진진했을까? 그렇대도 너
무 대놓고 빤히 쳐다봐서 결국 카페를 나와 근처의 공원으로 향
한 거였다.

그러나 장소를 바꾸었다고 눈물이 바로 멈추고, 목이 금방 트였
겠는가? 우리는 또 그저 말없이 울 뿐이었다. 게다가 그곳에도
우리를 흘끔거리는 이들이 있었다. 얼마 떨어지지 않은 곳에서
나무에 등을 부딪치며 운동을 하던 아주머니들이었다. '제발 좀
다른 곳으로 갔으면!' 마음속으로 빌었지만 그분들은 자리를 옮
길 생각이 없어 보였다.

공원을 나온 사람들의 수다와 웃음소리, 아이가 떼쓰는 소리와 엄마가 혼내는 소리, 가래침 뱉는 소리가 뒤섞여 들려왔다. 뒤로 걷는 운동이 유행이었기에, 울고 있는 우리의 앞으론 사람들이 계속해서 뒷걸음으로 지나갔다. 이별하는 날이라 해서 세상이 특별히 회색빛 풍경으로 바뀌는 게 아니었다. 그 풍경을 바라보며 어느덧 각자의 눈물이 드디어 말랐을 때 우리는 풀밭에서 일어났다. 서로의 첫사랑이 끝난 날이었다.

이별 scene 2

한 남자에게 이별을 고하기로 마음먹은 어느 휴일이었다. 그는 해야 할 일이 좀 있다며 직장에 나가 있었다. 전화를 받은 그는 내가 찾아온 이유를 짐작한 듯 어두운 표정으로 나왔다.

"걸을까?"

원래는 제법 걸으면서 이야기를 나누려고 했다. 어쩌면 이야기가 길어질 수도 있겠다고 생각했다.

그러나 대화는 아주 짧게 끝났다. 그만 만나자는 말이 생각보다 빨리 나왔고, 그도 나를 길게 잡지 않았다. 목적지를 정하지 않고 되는대로 걷던 우리가 걸음을 멈추고 마지막으로 인사를 나눈 곳은 어느 주유소 앞이었다. 주유소에서 매단 만국기가 머리 위에서 펄럭이고 있었다.

바람이 많이 부는 날이었다. 축제를 알리듯 힘차게 펄럭이는 오색 만국기 아래에서, 우리는 헤어졌다.

이별 scene 3

신나는 캐럴이 울려 퍼지는 카페에서
한 커플이 헤어졌다.

끝난 연애

언젠가의 남자친구는 돈이 정말 없었다. 커피를 마시고 싶으면 집 근처 대학교의 300원짜리 자판기 커피를 뽑기 위해 집에 있는 10원짜리 동전을 털 정도였다. 내 생일엔 자기가 원래 갖고 있던 시집을 선물했는데, 그때 시집을 담아준 다홍빛 가방이 있다. 그 것도 무슨 행사명이 적혀 있는 판촉물이었다.

어느 날, 방 정리를 하다가 먼지를 뒤집어쓴 채로 구석에 박혀 있던 그 가방을 발견했다. 그래도 선물이라고 받은 것이니 빨아서 두어야겠다는 생각에 빨래를 했다.

그런데 가방을 물에 담그자마자 빨간 물이 나오는 것이 아닌가? 비누를 묻히자 빨간 물은 더 맹렬하게 나왔다. 정말 빨아도 빨아도 계속 나왔다. 무슨 이런 원단이 있담? 내 평생 아무리 싼 옷을 사도 이렇게 염료가 계속해서 나오는 옷은 없었는데. 점점 오기가 생겨 미친 듯이 문질렀는데 헹굴 때마다 빨간 물은 계속 나왔다. 나는 그만 울화통이 터져서 가방을 쓰레기통에 처넣고 말았다.

더 오래전, 나는 다른 누군가와 헤어지고 얼마 후에 손에 묻은 잉크를 비누로 씻다가 펑펑 운 적이 있다. 얼룩이 너무 쉽게 지워졌기 때문이다. 쉽게 지워지는 얼룩이 꼭 내 연애 같았다.

하지만 그날의 나는 빨아도 빨아도 빨간 물이 나오는 가방에 폭발하고 말았다. 구질구질한 게 꼭 내 연애 같았다.

이래도 흥, 저래도 흥.

끝난 연애는 무슨 이유로든 울분을 터뜨리게 한다.

인정받지 못하는 슬픔

라디오에서 사연을 읽어줬다. 주위에 비밀로 해오던 연애가 끝났다는 이야기였다. 구구절절한 사연을 듣고 있자니 사내 연애라는 것을 했을 때가 떠올랐다. 같은 직장에서 만나 사귀다가 헤어지기까지 직장 사람들은 아무도 알지 못했다.

만날 때는 우리만 아는 기쁘고 즐거운 비밀이 가득했는데, 헤어지고 나니 몇 배로 괴로운 비밀이 되고 말았다.

슬픔을 드러낼 수 없다는 게 그토록 괴로운 일일 줄이야.

다른 어떤 감정보다도, 슬픔은 인정받지 못할 때 더욱 커지고 만다.

그러겠지

헤어지는 이유가 필요한 이유

그 남자가 헤어지자고 할 줄은 이미 알고 있었다.

그냥 감이 왔다. 아니 감까지도 필요 없었다. 부담스러울 정도로 자주 걸던 전화는 급격히 줄었다. 애정이 묻어나던 말투도 건조해졌다. 무엇보다 만나자는 약속을 먼저 잡지 않았다. 눈치채지 못한다면 이상할 상황이었다.

그날은 특히 더 그런 예감이 들었다. 아침에 안부 문자를 주고받을 때부터 느낌이 왔다.

'헤어질 때가 임박했다.'

어쩐지 마음은 담담했다. 딴생각을 많이 했지만 일도 그럭저럭 했고, 퇴근 후엔 운동복으로 갈아입고 밖에 나가 달리기도 했다. 땀 흘리며 뛰고 돌아와 일찍 잠이나 잘 생각이었다.

오늘이 아니라면 내일 헤어지자고 하겠지.

아니면 주말에 헤어지자고 하겠지.

조금 더 늦으면 그다음 주말이 될지도.

어쨌든 남자는 헤어지자고 할 것이 분명했다. 나는 마음의 준비
가 되어 있었다.
그러나 그 말을 카톡으로 들을 줄은 몰랐다.

– 그만 만났으면 해.
– 그래, 알겠어.

다른 할 말은 없었다. 대화방을 나가려던 나는 그러나 기어이 한
마디를 덧붙이고 말았다.

– 그런데, 왜?

머리로는 '야 뭘 구차하게 이유를 물어보냐'란 생각을 했으나 내
손가락은 그와 상관없이 'ㅇㅗ╢?'라고 톡톡톡 핸드폰 자판을 두
드리고 말았다. 그리고 그는 또 너무나 재빨리 장문의 답장을 보
냈다. 마치 메모장에 미리 적어놓기라도 했던 것처럼.

그가 보낸 길고 긴 '헤어지는 변'을 물끄러미 보다가 나는 문득 깨달았다. 역시 이유를 물어본 건 불필요한 짓이었다.

어차피 모든 연애는 애정이 다했을 때 끝나는 것 아니었나. 부담스러워서? 부담스러움을 참을 만큼은 사랑하지 않으니 헤어지는 것이다. 지금 상황이 힘들어서? 힘들어도 계속 만날 만큼은 사랑하지 않으니 헤어지는 것이다. 앞날에 자신이 없어서? 앞날에 자신이 있든 없든 붙들고 싶을 만큼은 사랑하지 않으니 헤어지는 것이다.

그냥, 그 정도까지는 사랑하지 않는 것이다.

이별엔 이런저런 수많은 이유가 따라붙곤 하지만 다 걷어내면 결국 '애정이 다했다'는 단 하나의 사실이 남았다. 그러니 상대방이 어떤 대답을 하든 결론은 이미 정해져 있었다.

그날 그에게 이유를 물어본 것을 후회하지는 않았다. 그의 대답을 들은 덕분에, 그 짧았던 연애는 '이유를 말하지도 (듣지도) 않고 헤어졌음'이란 특이사항 꼬리표를 달지 않고, 서로에게 유난할 것 없는 연애로 남을 수 있었다.

싫어

자꾸 네가 이해되려던 밤이었다.

전부

「내 곁에서 떠나가지 말아요」란 노래에서 '그대가 내게 전부였었
는데'라는 부분을 들으며 생각했다.
누군가를 내 전부라고 여긴 적 있었을까.
다만 그가 떠날 때 그런 마음이 들었던 것 같다.

함께 있을 때 일부였던 이는
떠나면서 나의 모든 것을 가져간다.

고통

다른 걸 다 접어두고라도
이제 너를 볼 수 없다는 상상만 해도
눈물이 났어.

살아가고 기뻐하고
때로 괴로워하기도 하며 늙어갈 너를, 지켜보지 못한다는 건
얼마나 고통스러운 일일까.

지금쯤은

돌본다는 것

회사 베란다 구석에 주인 없는 화분 하나가 처박혀 있었다.

언제부터 버려져 있던 건지도 모를, 딸랑 흙만 담겨 있던 그 화분에 어느 날부터 작은 싹들이 자라기 시작했다. 놀란 나는 그날부터 화분에 물을 주었고, 싹은 점점 더 이상 '싹'이라고 할 수 없을 정도로 크게 자랐다.

그새 날이 추워져 낮에는 베란다에 화분을 내놓아 햇빛을 받게 하고, 저녁에는 사무실 안에 들여놓았다.

화분 하나를 갖고 있다는 것은 책임이 생겼다는 것을 의미했다. 화분뿐만 아니라 내가 무언가 갖고 있다면 그에 따른 책임을 져야 한다고 생각했다. 돌볼 필요 따위 없어 보이는, 생명 없는 목걸이나 반지마저도 간수를 잘해야 흠집이 나지 않고 빛이 바래지 않는다.

사람을, 그래서 사랑을 원한다면, 얼마나 더 많은 관심이 필요할 것일까. 화분처럼 매일 물을 주고 얼어 죽지 않게 돌볼 필요까진 없다 하더라도.

책임지기를 원치 않는 관계란 게 가능할 수 있다. 또 충분히 많은
사람들과 그런 관계로 살아가고 있다. 그렇지만, 사람과 화분 사
이보다도 의미 없는 관계라면 그들로 족하다.

돌볼 수 없다면, 그럴 마음이 없다면
나는 너의 사람이 되지 않겠다.

옷장 정리

옷장 정리를 했다. 잘 안 입지만 멀쩡한 옷들은 차마 버릴 수 없어 안고 살다가 이번에야 다 정리했다.

예전엔 분명히 즐겨 입었으나 더 이상 입지 않게 된 옷들을 보며 잠시 나이 듦을 실감했다. 몇 벌은 아쉬운 마음에 다시 입어보았으나 역시 어울리지 않았다. 옷은 모양도 색상도 그대로인데 이젠 그 옷이 어울리지 않는 내가 되었다.

더 이상 입지 않고 앞으로도 입을 것 같지 않지만 버릴 수는 없는 옷도 있었는데 기념 티셔츠 몇 벌과 치마 한 벌이 그랬다.

주름이 풍성하게 잡힌 랩스커트는 얼핏 한복 치마 실루엣이지만 의외로 현대적인 상의와도 잘 어울리는 치마다. 스물 한두 살 무렵의 좋은 기억들이 담겨 있어 버릴 수 없었다. 그 치마를 입고 여러 자리에 나갔고, 많은 사람을 만났다. 생각해보면 특별한 날, 예쁘게 보이고 싶은 날만 꺼내 입었기 때문에 좋은 기억만 남은 셈이다. 가끔 꺼내 볼 때마다 추억이 떠올라, 그 치마는 여태 옷장 한 자리를 차지하고 있다.

한편 오늘 끝내 내다버린 옷들 중 카키색 점퍼는 딱 10년 전쯤

주운 것이었다. 그 무렵 나는 괴상한 남자애와 사귀고 있었는데, 나도 괴상했기 때문에 함께 괴상한 짓을 많이 했다. 하루는 어느 건물 1층에 아카데미인지가 이사를 가고 난 뒤 난장판이 된 채로 방치된 것을 보고, 그 친구와 그 안에 들어가 구경을 했다. 그러다 잡동사니 밑에 깔린, 누가 버리고 간 점퍼를 발견하고 주워 왔다.

점퍼는 따뜻하고 무엇보다 나와 잘 어울렸기에 오래도록 입고 다녔다. 가을 날씨에 입기 좋았다. 불과 몇 년 전까지도 입었는데 오늘 다시 입어보니 그새 나이가 더 들어 더 이상 어울리지 않는다는 걸 알았다. 아주 잠시 고민하다가 그냥 버리기로 하고는, 이미 버리기 위해 정리해둔 옷더미 위로 던져버렸다. 아무래도 그 점퍼는, 차마 버릴 수 없는 저 치마만큼 좋은 기억이 떠오르지 않는 모양이었다.

몇 년 전 나는 그 점퍼를 가리켜 이렇게 적었다.

주운(?) 남자는 떠난 지 오래지만 주운 점퍼는 그대로네요. 여러

분, (남자 말고) 점퍼를 주우세요.

다시 몇 년이 지난 오늘 다시 적는다.

남자도 점퍼도 시간이 지나면 사라집디다. 여러분, 케이크를 먹읍시
다. 케이크는 언제나 진실하고 확실하니까요.

그리운 사람

몇 년 전엔 그리운 사람이 없는 것이 비통했는데, 지금은 그리운
사람이 없는 게 비통하지 않은 것이 비통하다.
몇 년 후엔 그리운 사람이 없는 게 비통하지 않은 게 비통하지 않
아 비통하겠지.

거짓말이었어

약속에 늦어 택시를 탔다. 바로 전날 사귄 지 얼마 안 된 남자와 헤어진 상황이었다. 남자는 나로서는 통 이해하기 힘든 이유를 대며 헤어지자고 했다. 곧 친구를 만나서 수다를 떨 예정이었지만, 누구에게든 하소연하고 싶은 상태였기에 택시 기사님에게 말을 걸었다.

"제가 어제 만나던 사람이랑 헤어졌는데요."

엉뚱한 소리를 하기 시작했지만 기사님은 이야기를 들어주셨다.

"지금 하는 일이 너무 힘들어서 연애를 하기 어렵겠다는 거예요. 아니, 저도 되게 바쁘거든요. 자주 만나자고 부담을 준 것도 아닌데. 바빠도 연애는 할 수 있는 거잖아요. 그리고 진짜 연애할 상황이 아니면 애초에 저한테 사귀자고 말하질 말았어야 했던 거 아닌가요? 먼저 만나자고 해놓고 갑자기 연애할 상황이 아니라니 말이 안 되잖아요."

내 말을 들은 기사님이 말씀하셨다.

"남자분이 그렇게 말해요? 바빠서 헤어지자고?"
"네."
"그 남자분, 말을 잘하네."
"네?"
"손님이 상처 안 받게 말을 잘했다고요."

아, 순간 깨달음이 훅 밀려왔다. 이전 연애들을 끝낼 때, 또 누군
가를 거절해야 했을 때 내가 했던 말들이 떠오르기 시작했다.

- 오빠는 좋은 사람이지만 나랑은 맞지 않는 것 같아. (너는 매력
이 없어.)
- 내가 지금 너무 힘들어. (다른 사람을 만날 여유는 있지만.)
- 잘 지내. 행복하길 바랄게. (욕을 한 바가지 하고 싶지만 성질 나쁜
네가 보복할까 봐 참는 거야…….)

그렇구나. 어제 그 남자가 나에게 한 말들도 있는 그대로 받아들일 말은 아니었겠구나. 자기 나름대로 정제하고 순화한 말이었겠구나.

그냥 헤어지기 위해서 건넨 말들이었겠구나.

진실은 알 수 없는 것이구나.

그제야 상황 파악을 하고 씁쓸한 마음에 말이 없어지자 기사님이 말씀하셨다.

"손님이 아직 모르시는 게 많네요. 장거리였다면 내가 이참에 해줄 연애 코치가 많이 있는데……."

"아이고, 아쉽네요. 저 앞에서 내려주세요."

사실은 하나도 아쉽지 않았지만 아쉬운 척을 하며 그렇게 택시에서 내렸다.

그거 아니야

내게 다가오는 그 남자가 마음에 들었다.

내가 좋아하는 타입이었다. 그러나 적극적으로 내게 호감을 표하던 그에게 여자친구가 있다는 사실을 알게 되었다. 몹시 당황했지만 마음 한쪽엔 '혹시 어쩌면……'이란 생각이 쉽게 떠나지 않았다.

'혹시 어쩌면 그도 지금 고민하고 있는 건 아닐까?'

'그런 마음 없이 나한테 이렇게 잘하는 것이 가능한가?'

(지금 이 글을 쓰면서도 무척 민망하지만) '이런 상황이 되어버려서 그도 지금 마음 아파하고 있는 것은 아닐까?'(아악!!!)

그러나 이 글을 읽고 있는 당신이 쉽게 예상했듯, 그 관계는 거기서 끝났다. 남자는 오랫동안 만나온 여자친구와 헤어질 마음도 없으면서, 단지 자기가 아직 죽지 않았다는 기분을 느끼기 위해 유사 연애 짓을 시도했던 것이었다.

결국 그에게 '노력하면 여전히 여자의 마음을 얻을 수 있다'는 자신감을 갖게 해주고 끝이 났다. 실로 헛되고 헛된 짓이었다.

한편으로 내가 누군가에게 그런 존재였다는 것을 인정하려니 자존심이 상했지만 인정해야 했다. 그래야 그 관계를 서둘러 끝내버리고 다른 삶으로 나아갈 수 있기 때문이었다.

사랑이여

아침 방송 프로그램에 사기꾼들한테 사기당한 중년 여성들이 나
오고 있었다. 무도회장에서 만난 남자들, 일명 '제비'들에게 사기
를 당했다고. 어처구니없는 제안에 어찌 속았나 했지만 피해자
들이 말한다.

"날 사랑하는 줄 알고. 사랑하니까 나를 속이진 않겠구나 하
고……."

사랑이여. 망할 사랑이여…….

내가 제일 불쌍해

어느 날 들어간 카페에서 슬픈 노래가 연달아 나왔는데 아무 감흥이 없었다. 내 마음이 온통 내 통장과 미래에 쏠려 있었기 때문이었다.

내가 제일 불쌍했다.

사랑인 줄 알았지

내가 원한 것

나와 사귀면서도 전 여자친구와 계속해서 연락을 주고받은 남자가 있었다. 그 둘은 꽤 오랫동안 사귀다가 헤어졌는데, 서로 악감정이 있는 건 아니어서 친구 사이로 남기로 했단다. 안부 문자를 주고받는 것은 물론 다른 친구들과 만나기도 했고, 어느 날은 그렇게 다 같이 놀다가 그녀의 집에 놀러가기까지 했다. 불편한 기색을 내비치면 '오래 사귄 사이여서 단번에 관계를 끊을 수 없다. 지금은 그저 친구 사이일 뿐이다'라고 얘기했다. 그런 말을 들으면 '그런가. 내가 너무 속이 좁았나?'란 생각이 들어서 오히려 미안해지기도 했다.

그러나 이내 또 이런 생각이 들었다.

'아니, 연을 아예 끊으란 것도 아니고. 어쨌든 이제 여자친구가 생겼으면 연락을 덜 해도 되는 거 아닌가? 내 여자친구가 불편해해. 그러니 연락을 자주 하진 않으면 좋겠어. 이렇게 말하는 게 어려운가?'

그러면 다시 마음속에 불만의 거품이 부글부글.

이야기를 꺼내도 달라지는 것은 없었다. 그 둘 사이는 그냥 친구일 뿐인데 내가 '오바'하고 있다는 거였다. 그렇게 나는 '헤어진 후에도 친구로 지내는 어른스러운 사람들'을 이해하지 못하는 유치한 여자 취급을 받곤 했다. 그리고 그럴 때마다 이 말 한마디는 꼭 나왔다.

"지금 내 여자친구는 대체 씨잖아요."

그 문장은 내 입을 막는 마법의 문장이었다.
'그러게. 지금 여자친구는 나 맞네. 나도 알고 그도 알고 그의 전 여자친구도 아는 사실이지. 그런데 내가 왜 불안해하고 있는 걸까? 내가 자신감이 없나? 내 이해심이 부족한가?'
그의 말을 이해하려 애쓰다가, 다시 화가 끓어오르기 시작했다. 그렇게 답 없는 상황이 계속 반복되면서 문득 깨달았다. 남자는 전 여자친구를 섭섭하게 만들기 싫은 것이었다. 새 여자친구가 생겼으니 앞으로는 연락을 자주 하지 않았으면 좋겠다는 말로 전 여자친구를 서운하게 하기 싫었던 것이다.

바로 옆에 있는 내가 서운해하는 상황보다, 그녀가 서운해하는 상황을 피하고 있다는 사실이 명백했다.

'지금 내 여자친구는 대체 씨잖아요'라는 문장도 괘씸하게 들리기 시작했다. '지금 여자친구'라고 라벨만 붙여놓으면 다인가? '지금 여자친구'라고 정의되었으니 그것으로 만족하고 섭섭한 일들에 대해선 입을 다물어야 하나?

결국 나는 그를 카페로 불러내어 최후통첩을 했다. 그 자리에서 그는 나와 헤어지고, 그녀와 계속 지금처럼 지내는 쪽을 택했다. 그런 선택을 할 거라 예상해서 헤어질 각오를 하고 부른 거였지만 막상 그의 입에서 나오는 말을 직접 들으니 할 말이 없었다.

나는 더 이상 아무 말도 하지 않고 일어났다. 카페를 나와 마지막 인사를 하고 가려는 나를 그가 덥석 안고 말했다.

"나는 대체 씨가 좋아요."

어휴 정말. 그는 마지막 순간까지 내가 화난 이유를 제대로 이해하지 못하고 있었다. 말로만 좋아한다고 하는 건 필요 없다고! 내마음이 어떨지, 내 기분이 어떨지 신경 쓰고 보살피길 바랐다고! 그렇게 그 연애는 끝났다.

이런 나라도 사랑하겠니?

친구 집에 모여서 다 같이 TV를 보고 있었다. 누군가 나와서 노래를 불렀다.

"나 가진 게 아무것도 없지만 이런 나라도 사랑하겠니?"

정확한 문장은 아니지만 이런 뉘앙스의 가사였다. 우리는 동시에 한마디씩 야유를 던졌다.

"가진 게 없다는 거 이미 알고 만나는 거라고!"
"굳이 가진 게 없다고 자꾸 내세우지 말라고!"

여자들을 두고 '된장녀'라는 둥 쉽게 떠들지만, 현실에는 돈 없는 남자들과 연애하는 여자들이 많기만 하다. 그들은 상대방에게서 경제적 빈곤함 말고 다른 좋은 점을 발견하고 사랑한다. 그러니까 상대방이 뭐라고 하지도 않았는데 '이런 나라도 사랑할 수 있냐'고 자꾸 물으며 괴롭히지 말 것. 정리하면 이런 것이다.

Q

나 가진 게 아무것도 없지만 이런 나라도 만나주겠니? 워우워.

A

이미 사귀고 있는 경우: 이미 알고 만나는 거니까 그만하라고.

아직 사귀기 전인 경우: 장점만 어필해도 모자랄 판에……

누구의 잘못도 아닌 일

혼자 식당에 가서 김치찌개 백반을 주문했다. 반찬으로 미역 줄기 무침이 나왔다. 나는 편식이 있어서 안 먹는 음식이 많은데, 미역 줄기 무침도 그중 하나였기에 손대지 않고 있었다. 그런 나를 식당 아주머니가 눈여겨보고 있었다. 다른 손님이 별로 없는 한가한 시간이었던 것 같다. 잠시 후에 아주머니는 연근 조림을 추가로 내왔다.

공교롭게도 나는 연근 조림도 먹지 않는다. 아주머니가 신경 써 주셨다고 억지로 먹을 수도 없는 일이어서, 부디 더 이상 관심을 갖지 않길 바라며 밥을 먹었다. 그러나 잠시 후에 아주머니는 다시 내 탁자를 살피더니 내가 반찬을 먹지 않는다고 슬퍼하셨다. 나는 내가 미역 줄기 무침과 연근 조림을 먹지 않는 건 맛이 없어서가 아니라 원래 좋아하지 않기 때문이라고 해명해야 했다.

손님이 반찬을 잘 먹지 않고 있으니 좋은 의도로 다른 반찬을 내준 아주머니에게는 잘못이 없었다. 원래 먹지 않는 음식을 억지로 먹지 않은 나도 잘못이 없었다. 그러나 아주머니는 서운해하고 나는 미안해지고 말았다.

누구의 잘못도 아닌 일로 그렇게 곤란하게 된 순간이 언젠가 또 있었다.

상대방이 좋아하길 바라며 준비한 어떤 것들.

그러나 사실 상대방은 원한 적 없던 것들.

누군가 나를 위해 마련했던 어떤 것들.

그러나 부담만 가득해져 오히려 멀어지게 했던 것들.

그날, 그 식사를 하는 동안 그런 식으로 어긋난 지난 관계들을 하나하나 떠올리고 말았다.

구 여친 클럽

오래전 헤어진 남자 중 하나는 영화감독이었다. 그의 영화가 개봉한다는 사실은 나도 알고 있었지만, 되도록 관련 기사도 보지 않으려 했다. 좋지 않은 이유로 헤어진 사람이었기 때문이다.

영화가 개봉하고 나서도 외면하려 했으나 인터넷이라는 걸 하는 이상 소식을 아예 안 볼 수는 없었다. 결국 나도 그의 영화 제목을 검색해보았고 포털 사이트의 영화 정보와 관객 평을 스캔하게 되었다.

그리고 어느 순간 스르륵― 호평 댓글에는 비추천 버튼을, 혹평 댓글에는 추천 버튼을 하나하나 누르기 시작했다.

이미 헤어진 지 오래였다.

내가 복수심에 이글이글 불타고 있던 것도 아니었고, 그를 떠올리면 여전히 분통이 터지는 것도 아니었다. 그냥 쪼잔한 마음에 그런 짓을 했던 것이다. 스스로가 정말 없어 보이고 한심하다고 생각하면서도 추천과 비추천을 누르는 것을 멈추지 못했다.

그렇게 한참 번갈아가며 눌렀고

다음 날도 접속했고

다음 날도

다음 날도

한동안은 그 짓을 되풀이하는 게 일과였다.

이윽고 영화가 개봉한 지도 여러 날이 지나고, 볼 만한 관객들은 다 봐서 시들해질 무렵이었다. 그때까지도 여전히 나는 하루에 한 번씩 관객 평을 최신순으로 정렬해놓고 추천과 비추천을 누르고 있었다.

그런데 그 즈음 뭔가 좀 이상하다는 것을 눈치챘다.

이미 끝물이라 관객 평도 드문드문 올라오는 시점. 추천과 비추천을 누르는 사람들도 대폭 줄어든 참이었는데, 그 숫자가 어쩐지 일정했던 것이다.

호평에는 비추천 4. 혹평에는 추천 4.

간혹 숫자가 5나 6처럼 4 이상인 경우는 있어도 4 아래로 내려가진 않았다.

그렇다. 내 추리가 맞는다면, 나까지 네 명이 고정적으로 활동하고 있었다……!

뭐지.

나는 안 좋게 헤어진 구 여친이라 치고, 나머지 세 사람은 뭐지.

혹시 설마 이 사람들도 그 남자와 안 좋게 헤어진 구 여친들인 건
가?!

우리는 우리도 모르는 사이에 이곳에서 만나, 은밀히 각자의 임
무를 다하고 있던 것인가!

그렇다면 이것은 '구 여친 클럽'이다!

온몸에 소름이 돋았다.

나는 떨리는 손으로 다시 추천과 비추천을 누르면서, 그날 아직
3에 머물러 있던 숫자들을 4로 만들어나갔다.

그 후로는 관객 평의 추천 숫자를 보면서 '오늘은 내가 먼저 왔
네. 다른 사람들은 바쁜가 보다'라거나 '오늘은 내가 제일 늦었
군' 따위 생각을 하며 내 몫의 임무를 완수하는 시간을 가졌다.

……시간이 더 흘렀고 나도 점차 그 활동에 시들해져서 그만둔
지 오래다.

그러나 아직도 가끔 그때를 떠올릴 때면 생각한다. 어쩌면 그것
은 정말 구 여친 클럽이었을지도 모른다고.

그리고 만약 여러분 주위의 누군가가 이 책을 읽다가 어째서인
지 이 페이지를 넘기는 손이 부르르 떨렸다면

그 사람이 바로 구 여친 클럽의 일원이었을지도 모른다.

▶▶

아무나는 싫어

아무하고나
전화를 붙들고

아무 얘기든

아무렇게나
하고 싶은 밤인데

진짜
아무나는
싫지.

다시 사랑한다 말할까

시끌벅적한 광장 한쪽에서 「다시 사랑한다 말할까」라는 노래가 흘러나왔을 때 나는 누군가를 떠올렸다. 오래전 이 노래가 처음 나왔을 때도 같은 사람을 떠올렸다. 처음으로 연애 같은 연애를 했던 남자친구였다. 둘 다 처음이라 사랑에도 이별에도 서툴렀기 때문에 아쉬움이 많이 남은 모양이었다. '우린 왜 그렇게 성급하게 헤어졌을까?'라는 뒤늦은 의문도 밀려왔다. 어쩐지 그 친구를 다시 만난다면 이번엔 잘 만나볼 수 있을 것 같다는 생각도 들었다.

놀랍게도 며칠 후 그에게서 전화가 왔다. 잘 지냈냐고 묻던 그는 머뭇거리다가 말했다.

"「다시 사랑한다 말할까」를 들었는데 네 생각이 났어."

사실은 나도 그 노래를 듣고 네 생각을 했다고 말하진 않았다. 그랬냐고 되물으며 덤덤한 척했지만, 가슴은 이미 빠르게 뛰고 있었다.

▶▶

그렇게 약속을 잡고 다시 만나서 정말로 '다시 사랑한다 말하고'
행복해졌다면 어땠을까 싶지만, 우리는 만나자마자 우리가 왜
헤어졌는지 새삼스레 재확인했다. 그는 여전히 좋은 남자였고
서로에게 호감도 있었지만 그냥 잘 맞지 않는 관계도 있는 것이
다. 밥을 먹고 차를 마시며 보낸 얼마 안 되는 저녁 시간 동안 '아,
우리가 이래서 헤어졌지'라는 사실을 하나둘 떠올리게 되었다.
그도 나와 같은 생각을 했던 모양이다.
그날 이후로 아주 자연스럽게 서로 연락이 없던 것을 보면.

골목 달리기

내가 다닌 중학교 운동장은 작아서, 100미터 달리기를 할 수 없었다. 그래서 체력장 때는 근처의 다른 남학교 운동장을 빌려 뛰었다. 우리가 달리기를 하는 동안 쉬는 시간이 된 남학생들이 창문으로 머리를 내밀고 고래고래 소리를 질러댔다.

아무래도 서로 불편했기 때문이었을까? 이듬해에 체육 선생님은 기발한 생각을 해냈다. 학교 앞 골목에서 달리기 기록을 재기로 한 것이다. 골목도 100미터가 되지 않은 데다가 심한 언덕이라는 게 문제였지만, 거기에서 체육 선생님은 또다시 희한한 생각을 해냈다. 자기가 먼저 그 길을 달려서 기록을 재본 후에, 평지 100미터 기록과 비슷하게 나오는 지점을 찾아내어 그만큼만 달리게 한 것이다. 우리는 100미터 달리기 기록이 아닌, 100미터 달리기 비슷한 기록을 재기 위해 오르막길을 열심히 뛰어야 했다.

이윽고 내 차례가 되었다. 뭐든 열심히 해서 좋은 기록을 얻고자 노력하는 아이들이 있는 한편, 나는 달리기에는 소질도 없고 의욕도 없는 중학생이었다. 나는 시큰둥한 태도로 바닥을 보며 건

성건성 출발했다.

그런데 그렇게 달리던 내 눈앞에 개똥이 나타났다! 바로 다음 발을 디뎌야 하는 자리였는데! 위기 상황에서 초능력이 생긴다는 말을 나는 믿는다. 그 순간 나에게도 초인적인 점프력이 생겨 무사히 개똥을 뛰어넘었기 때문이다. 그날 얻은 달리기 신기록은 그 개똥 덕분이었다.

십수 년이 흘러 나는 내가 졸업한 그 학교 근처로 이사했다. 그리고 어느 밤.

나는 운동복을 입고 나가 그 골목을 달리기 시작했다. 중요한 기록을 재기라도 하는 것처럼 숨 가쁘게 달렸다. 다음 발 앞에 개똥이 있는 것처럼 보폭을 넓히면서 언덕길을 오르락내리락 뛰고 또 뛰었다.

달리는 것 말고는 아무 생각도 하고 싶지 않은 밤이었다.

너와 헤어진 다음 날이었다.

마음은 어느새

어느 행사장에 갔다가 한때 몰래 흠모했던 사람과 마주쳤다.
그의 일도 외모도 성격도 모든 게 그대로인데 이상하게도 마음
이 전혀 떨리지 않았다. 지금 그를 처음 만났다면 그렇게 좋아하
지 않았을 것 같다. 그때는 그를 좋아할 수 있던 때였고 지금은
그렇지 않은 때일까?

마음은 내가 그토록 접어버리려고 할 때는 꿈쩍도 하지 않더니,
어느새 기척도 하지 않고 슥 사라져 있었다.

이상적인 동행

나에게는 '태수'라는 이름의 개가 있다.

태수는 열 살이 넘은 시츄다. 하루 한 번 이상 이 개와 함께 긴 산책을 한다. 산책길로 들어서면 나는 하늘을 보고 나무를 보고 꽃을 본다. 태수는 하늘이니 꽃이니 전망이니 하는 것에는 관심이 없다. 주로 길 아래의 것들, 특히 풀숲의 냄새를 유심히 맡으며 다닌다. 인간인 나로서는 도저히 알 수 없지만 개에게는 특별한 것이 분명할, 각종 정보를 수집하며 다닌다.

내가 휴대폰을 꺼내 꽃 사진을 찍는 동안 태수는 가만히 나를 기다려주고, 태수가 멈춰 서서 풀숲에 코를 박고 있는 동안 나도 태수를 기다려준다. 태수는 자기에게 중요하지 않은 일을 하고 있는 나를 보면서도 보채지 않고, 나는 태수에게 다른 개들 오줌 냄새는 맡아서 뭐에 쓰냐고 가던 길을 재촉하지 않는다.

우리는 같은 길을 나란히 함께 걷지만 서로 다른 것을 본다. 각자 다른 것이 중요하다고 생각하지만 나란히 걷는 시간이 행복하다. 개와 인간의 본질적인 관계를 떠나 동행 측면에서만 생각한다면, 내가 여기는 이상적인 동행은 이런 것이다. 안타깝게도

사람끼리는 한쪽이 개가 아니라는 이유로 이해심을 덜 발휘하게
되지만.

야

반복 재생

소중한 것들은 놀라울 정도로
계속 네 앞에 나타날 거야

기억

우리가 서로에게 해줄 수 있는 가장 큰 선물은 결국 좋은 기억을
만들어주는 것이라 믿는다.

어느 날 네가 내 손을 잡는다면

어느 해 봄이었어. 나는 빈 강의실에 앉아 있었고 그 애가 들어왔지. 햇살 때문이었는지 실제로 그 애가 빛난 것이었는지 아직도 모르겠지만, 그 애가 빛을 내며 들어왔어. 아, 나는 널 좋아할래. 본 지 수 초도 되지 않아 그 애가 좋아졌어.

하지만 나만 품었던 연정이었지. 그 애는 내가 봐도 빛나는 다른 여자애와 사귀었고 나도 곧 다른 남자와 사귀었어. 오랫동안 우리는 죽이 잘 맞는 친구 사이였고, 다시 둘 다 애인이 없는 날이 왔고, 어느 겨울 나는 그 애에게 고백하기로 결심했어.

술잔을 앞에 놓고 이야기했지. 너를 좋아한다고. 하지만 그 애는 그냥 이대로 친구로 지내는 게 좋겠다고 했어. 나도 그냥 받아들였지. 함께 술집을 나와 인사동을 빠져나가고 있는데 하늘에서 눈이 한 송이 두 송이 떨어져 내리기 시작했어.

눈을 맞으며 생각했어. 그 애의 손을 잡고 걷고 싶다고. 손을 잡고 이 눈을 맞을 수 있다면. 이 순간 우리가 손잡은 채 이 길을 걷고 있다면 지금 내리는 이 눈이 얼마나 반가울까. 그러나 그날 나는 결국 계속 내리는 눈을 혼자 맞으며 돌아왔지.

시간이 흘러 나는 다른 남자애를 만났어. 그 애랑 첫 데이트를 하던 날도 눈이 내렸어. 우리는 그날 처음으로 손을 잡고 종로를 돌아다녔어.

이태원에서
삼각지에서
홍대 앞에서
또 다른 사람들과 처음으로 손잡은 순간들을 기억해.
그 순간들은 모두 가슴 떨리고 소중했어.

그러니 어느 날 네가 내 손을 잡는다면, 나는 그날을 기억할 거야. 어쩌면 지금은 예상하지 못하는 이유로 헤어질 수 있겠지. 아무 이유도 없이 저절로 마음이 식어 헤어지는 날이 올 수도. 그래도 우리가 처음 손을 잡던 순간을 떠올리면 웃음이 나올 거야. 너는 사라져도 순간은 남겠지. 나는 그 순간을 잊지 못해 또 계속 사랑하겠지.

어떤 마법

남자친구와 대판 싸우고 가버리려던 참이었다. 남자친구가 사과
하며 따라왔지만 받아줄 생각은 없었다. 그대로 지하철역 계단
으로 내려가려 했다. 그 와중에 남자친구가 물었다.

"왜 에스컬레이터를 두고 계단으로 가?"

나는 쌀쌀맞게 대답했다.

"멈춰 있잖아!"

그 애는 씨익 웃으며 "내가 마법을 보여줄게." 하며 에스컬레이
터에 올랐고, 멈춰 있던 에스컬레이터가 작동하기 시작했다.
풉. 결국 웃으며 함께 에스컬레이터를 타고 내려갔지.
아직도 가끔, 사람이 타야 작동하는 에스컬레이터를 탈 때 그 마
법이 떠올라.

첫 키스

누군가를 만나다 보면 서로 말하지 않아도 직감적으로 알게 되는 것이 있다.

'오늘은 키스를 하겠구나' 같은 것.

스무 살과 스물한 살. 만난 지 좀 되었지만 아직은 손만 잡고 다니던 어느 날, 평소처럼 밥을 먹고 차를 마시고 집으로 돌아가던 평범한 데이트였지만 그 밤에 그런 감이 왔다. 우리의 단골 카페에서 내가 살던 집으로 가는 길에는 주로 빌라가 이어진 긴 언덕이 있었는데, 그 길을 걷는 동안 그 애는 긴장된 표정으로 자꾸 주위를 흘깃거렸다.

'가로등 불빛이 없는 곳을 찾고 있군. 키스를 하려나 보다.'

눈치챘다는 사실을 들키지 않으려고 계속 조잘거리고 있었지만 나도 긴장이 되긴 마찬가지였다. 그 애는 쉬지 않고 쏟아지는 내 말에 대답하면서도 계속 주위를 살피다가 마침내 말했다.

"잠깐만 이리 와 봐."
"왜?"

짐짓 영문을 모르겠다는 표정을 지으며 그 애가 이끄는 대로 어느 빌라 입구에 들어섰다. 드디어 우리의 첫 키스를 하게 된 순간이라고

팟—

현관 센서등이 켜지기 직전까지 생각했다.

우리는 그곳을 나와서 걷기 시작했다. 곧 그 애가 다시 말했다.

"저기로 가자."

그리고 또 다른 빌라 입구에 들어섰다. 이번에도 역시나

팟— 센서등이 켜졌다.

그 애는 연속으로 일어난 실패에 당황하면서도 포기하지 않겠다는 듯 내 손을 잡고 다음 빌라로 뛰어들었다. 그리고 또 다시

팟—

또 다른 빌라 입구로

팟—

또 다른 빌라 입구로

팟—

그 언덕길 빌라들의 현관 센서등이 우리가 가는 길을 따라 차례
대로 켜지던 밤이었다.

영원해서 사랑인가

'이렇게 변할 줄 알았다면 시작하지 않았을 텐데…….'

'영원하지 않다면 그건 사랑이 아니야.'

사랑 노래에 종종 등장하는 말들이다. 실연한 지 얼마 되지 않은 상태라면 더 절절하게 와 닿는다.

남은 생에 나만 바라보겠다고 그렇게 다짐하더니 어떻게 이리도 쉽게 가버리는지?

그러나 실연한 지 800년쯤 지난 평온한 상태에서 이런 노래를 들을 때면 생각하게 된다.

'영원하지 않은 것도 사랑이지. 영원해서 사랑인가?'

세상에 영원한 게 없다는 것을 우리는 이미 알고 있다. 모든 것에 유통기한이 있고, 모든 마음이 언제 사그라질지 모른다는 것을. 영원한 것에만 행복할 수 있다면 우리는 어떤 것에도 웃을 수 없을 것이다. 너를 사랑했던 이유도 영원할 것 같아서는 아니었다. 그 모든 것을 알면서도 약속하는 것이다. 지금 내 옆의 이 사람과는 가능할 거라 믿어보면서.

어쩌면 영원하겠다는 약속이 지켜지지 않는 관계보다 어떤 약속도 하지 않는 관계가 슬프지 않을까. 사랑하는 사람이 그 순간조차 머뭇거린다면 마음이 무척 아플 테니 말이다.

의미 없는 시간

매 순간 '지금 이 순간이 행복해야 하는 이유'를 설명하는 사람을 만났을 때 그 시간이 너무 피로했다. 그와 헤어지고 더 이상 행복해야 하는 이유를 듣지 않고 있으니 편안함이 찾아왔다. 나에겐 그게 행복이었다.

모든 행동에, 시간에, 감정에 의미를 두는 것은 얼마나 피곤한 일이니. 너와 아무 의미 없이 보낸 그 시간들이 나는 좋았어.

가로수 그늘 아래

지금도 그렇지만, 중학생 때도 걷는 것을 좋아했다. 입학하고 얼마 지나지 않아 학교와 먼 곳으로 이사하면서 버스를 갈아타고 다니게 되었는데, 수업이 일찍 끝나는 토요일이면 걸어서 집에 가곤 했다. 6킬로미터가 조금 넘는 거리였다.

그 길에는 플라타너스가 서 있었다. 여름이 다가올수록 플라타너스 잎은 무성해졌고, 바람이 불 때마다 그 큰 잎이 펄럭거리는 모습을 보는 게 좋았다. 날씨가 좋아 햇살이 쏟아지는 날이면 거리의 모든 게 반짝거렸다. 플라타너스 잎도, 오래된 상점 간판도, 노점상의 물건들도, 사람들의 머리카락도…… 나는 그 광경이 무척 마음에 들어, 마침내 너른 길목으로 접어들 때면 들뜬 감정이 최고조에 달해 노래를 흥얼거렸다. 주로 이문세의 「가로수 그늘 아래 서면」이었다. 사랑해본 적 없는 중학생이었지만 이 부분이 가장 좋았다.

이렇게도 아름다운 세상
잊지 않으리 내가 사랑한 얘기

어른이 되고 연애를 하기 시작하면서 애인과 그 거리를 걷기도 했다. 어릴 적부터 좋아하는 길이라고 이야기했던 것 같다. 언젠가 좋아했지만 끝내 말하지 못한 사람과도 함께 걸었다. 어느 밤의 우리는 그곳을 손잡고 걸었지만 서로의 사랑으로 이어지진 못했다. 내가 자기를 좋아한다는 걸 그도 알고 있었겠지만 그것이 연애로 이어지지 못했다.

좋아하는 마음이 커다란 풍선처럼 눈앞에 떠 있어서 그도 나도 뻔히 알고 있지만, 그것을 상대방의 손에 쥐어주지 못하는 때가 있는 것이다.

나는 그 사실을 받아들이고 오래 울었다. 그리고 한동안 그 거리를 피했다. 차를 타고 지나가기만 해도 마음 한쪽이 저릿했다.

시간이 제법 흐른 가을밤이었다. 어느 모임에 갔다가 뒤풀이가 길어져서, 집까지 가는 지하철 막차를 놓치고 말았다. 내가 탄 지하철은 집에서 몇 정거장 전까지만 운행하는 열차였다. 종착역에서 다른 승객들과 함께 내려 지상으로 올라갔다. 택시를 잡기에는 경쟁자들이 많아 보였다. 늦은 밤이었지만 걸어보기로 했다. 내가 좋아한 바로 그 길이었다.

선선한 가을바람이 불었다. 모임에서 마신 술기운 때문인지 그 길을 함께 걸었던 사람들이 하나둘 떠올랐다. 역시 술기운 때문이었겠지만, 지난 여름의 나도 찾아와 같이 걷는 듯한 기분이 들기 시작했다.

손잡은 사람 없이, 찾아온 과거의 나와 묵묵히 그 길을 걸었다.

기분이 나쁘지 않았다. 어쩐지 그때의 나를 잘 보내줄 수 있겠다는 생각이 들었다. 그 길이 끝날 무렵 나는 잘 가라고 인사하며 흔쾌히 지난날의 나를 보내주었다.

한없이 달뜬 표정이었던, 사랑에 빠졌던 그 시절의 나를 보내고, 현실의 나는 혼자 남은 길을 마저 걸어 돌아왔다.

순간

살면서 마주치는 많은 순간들이 있다. 그 순간이 아름다울수록
훗날 지독한 칼바람이 되어 가슴을 후빌 수 있다는 사실을 알고
있다.

추억이 아름답지 않다고 얘기하는 것도 그 때문일 것이다.

그러나 앞으로 다가올 수 있는 어느 마음 아픈 날을 걱정해 지금
이 순간들을 아끼고 미루며 살아가고 싶지는 않아.

오늘, 가로등 아래에서의 풍경도 어느 날엔 눈물을 뚝뚝 흘리게
만들 아픈 기억이 될지도 모르겠지만

마음이 말하네,

지금 이 순간들을 피하지 말고 많이 만들어가라고.

잊지 말고 기억하라고.

어떤 단어

그 남자의 글에는 특정 단어가 자주 들어갔다. 사실 그리 자주 들어가는 게 아니었는지도 모르겠는데 유독 그 단어가 매번 눈에 들어왔고 그때마다 영문 모르게 좋았다. 그런데 실제로 대화할 때는 그 단어를 통 쓰지 않아서, 정작 그 사람이 자기 입으로 말하는 건 들이보지 못했다. 그럼에도 어디선가 그 단어를 볼 때면 그 사람 목소리가 들리는 것 같았다.

나에게 그 단어는 그 사람의 단어가 되었다.

헤어진 지 오랜 시간이 지났지만 아직도 여전히 그 사람을 떠올리게 하는.

뭐 나쁠 것 없다. 삶에 덜그럭거리는 불편함을 주는 것까지는 아니고 그저 가끔 만져지는 보풀 같은 것이다.

만져져도 굳이 들여다보지 않고 '아 음 이거' 하고 지나가는 것.

어떤 마음

갈 곳을 잃었다고 생각했던 마음을 접어 홀가분한 기분으로 서랍에 넣어둔다. 어떤 마음은 어디로도 가지 않고 서랍 한쪽에 자리하기 위해 생겨난다.

어떤 장소

추억 어린 장소가 생긴다는 건 어쨌든 괜찮은 일이야.

나는 오늘 그곳을 지나치면서 네 생각을 했네.

아, 여기는 그때…

누구도 모르게 혼자 웃었지.

어떤 순간

그 애를 다시 보고 싶진 않지만

좋았던 순간들은 작게 접어 주머니에 넣어두었다.

가끔 주머니 위로 만지작.

무지개

산책길에 무지개를 보았다. 벤치에 앉아 저녁노을과 함께 천천히 사라지는 무지개를 넋 놓고 바라보았다.

무지개를 보는 내내 생각했다. 무지개가 사라질 것을 근심하며 바라보는 일은 부질없다고. 매 순간 나에게 주어진 그 순간의 기쁨을 누리면 되는 것이다. 내가 믿는 것은 그런 것이다.

플라타너스

몇 해 전 작업실 창문 바로 앞엔 플라타너스가 있었다.

바람이 많이 부는 날이면 플라타너스는 쏴아아 소리를 내며 커다란 잎을 흔들었다.

여름이 지나면 곧 그 잎들도 누렇게 바래 떨어질 것이고 다음 해엔 이사를 가야 했기 때문에 언제까지나 볼 수 없을 그 풍경을 되도록 많이 봐두려 했다.

그럴 때면 생각했다.

언제든 손 흔드는 플라타너스를 떠올릴 수 있게

지금 꼭꼭 담아둘 거라고.

떠날 것을 알지만 사랑할 거라고.

우리가 가는 곳

우리는 서울역에서 만났다. 갑작스런 여행을 가기로 의기투합한 날이었다. 대체 왜 그리로 가기로 했는지는 기억나지 않는다. 그저 전화로 무슨 대화를 나누다가 둘 다 흥분해서 '지금 가자!'고 외치고 역으로 달려 나간 것만 기억난다.

좌석이 없어서 입석 티켓을 구입해 기차에 탔다. 통로에 서 있어야 했지만 불편하다는 생각은 들지도 않았다. 둘이 어딘가로 떠나고 있다는 사실만으로도 이미 차고 넘치게 들뜬 상태였다.

우리가 가기로 한 도시에 도착하려면 아직 한참 멀었을 때, 다음 정차역을 알리는 안내 방송이 나왔다.

"나 여기 한 번도 안 가봤는데."

"나도."

"그럼 우리 여기 가볼까?"

"지금 내리자고?"

"응."

그렇게 둘은 애초에 가려던 도시로 가지 않고 도중에 내려버렸다. 어디로 가면 좋은지, 무슨 일을 할 수 있는지, 무엇이 맛있는지도 알지 못하고. 작은 기차역을 나와 조금 걸으니 조용히 흐르는 강이 나왔다.

우리는 그날 강변을 걷고 시장을 걷고 상가를 걷고 주택가 골목을 걸었다. 나무를 보고 풀밭을 보고 고양이를 보고 사람들을 보았다. 평범한 식당에 들어가 평범한 맛인 평범한 음식을 먹었다. 작은 기차역 주위엔 그 어디에도 딱히 특별한 것이 없었다.

그러나 우리는 내내 들떠 있었다. 둘 다 알고 있었다.

우리가 어디에 있는지, 무엇을 하는지는 중요하지 않다는 것을.

우리가 손잡고 걷는 동안엔 그 어디나 낙원이었다. 우리가 가는 곳이 아름다운 곳이었으며, 우리가 보는 모든 것이 아름다웠다.

그날 그 작은 도시에, 반짝반짝한 우리가 있었다.

그대로 기억할게

다 잊고 있었지 뭐야.
그날을 시작으로 즐거웠던 일도, 고마웠던 일도 많았는데
네가 나에게 했던 나쁜 일들만 생각하고 있었어.
유치했지만, 이해해주었으면 좋겠다.
그때는 그러지 않고는 견디기 힘들었던 거 같아.

시간이 제법 지났지.
이제야
네가 내게 잘해줬던 것들을 다시 떠올릴 수 있게 됐어.
이젠 그런 기억을 떠올려도 괴롭지 않더라.

구기고 구겨서 기억하던 너를
이제 네 모습 그대로 기억할게.

돌아서서

여기저기 눈 소식이 들린다. 눈 오던 여러 날이 떠올라도 내겐 다
먼 이야기.

눈은 저절로 내려오고, 기억은 저절로 멀리 간다.

어느새 기억에서 멀어져 혼자 잘 살고 있다는 걸 깨달았다.

바삐 가는 기억에겐 손을 흔들어주고, 돌아서서, 사랑해야겠다.

반짝

이별한 직후에는
길을 걷다가
누가 내다버린 유리가
산산조각 나 있는 걸 보고도
눈물이 난다.

깨진 주제에 유리라고
너무 반짝이는 것이다.

소중한 것

풍선을 놓쳐 속상해하던 꼬마가 아빠 품에 안겨 잠들었다가,
눈을 뜨자마자 다시 풍선을 보곤 펑펑 운다.

아가, 놓친 것을 너무 오래 바라보지 말렴.
소중한 것들은 놀라울 정도로 계속 네 앞에 나타날 거야.

외롭다는 이유로

짝사랑에 빠졌던 어느 시절엔, 너는 그 밤 나처럼 외롭지 않을 거란 생각을 하며 괴로웠다. 그러나 오늘 이 밤에 가만히 생각해본다. 너도 외로운 날이 있을 것이다.

그리고 또 생각한다. 내가 여전히 외롭다고 너를 계속 바라볼 생각이 없듯, 너도 외롭다 해서 나를 바라보지는 않을 거라고.

앞으로도 우린 외롭다는 이유로 서로를 바라보진 않을 거라고.

이 밤 어디에 있을지 모를 외로울 너에게
네가 모르게 손을 흔들어본다.

그런 게 아냐

옛일을 떠올리며
웃게 되는 밤.

내가 더 이상
슬퍼하지
않는다고

너를 잊은 게 아냐.

그런 게 아냐.

지금 여기서

가끔 어른의 기억을 다 가진 채 타임머신을 타고 어린 시절로 돌아가면 어떨까 상상하지. 생각만큼 좋지는 않을 거야. 어릴 때 행복인지 모르고 지나쳤던 행복들은 되찾을 수 있겠지. 하지만 어렸기에 불행인지 몰랐던 불행까지 다 알게 될 텐데.
나는 그것들을 견디며 다시 살아낼 자신이 없어.

별로야 별로. 다시 살지 말고 지금 여기서 나랑 살자.

지평선 긋는 연필

지평선 긋는 연필이 있으면 좋겠네.
하늘 아무 데나 슥슥 선을 그으면 바로 거기가
지평선 되어 해를 감추고 달을 뱉는.
오후 두 시, 한창 높이 뜬 해 바로 아래 선을 긋는다.
그러면 내가 그은 지평선으로
해는 금세 발갛게 넘어가겠지.
언제든 멋진 일몰을 볼 수 있는 건 덤이라 하자.

그렇게 밤을 부르고 나면 달의 움직임에 따라
지평선을 자꾸만 뒤로, 슥슥 긋는다.
달은 평소보다 오래 하늘을 돌아야 할 거고
나는 짐짓 아무것도 모르는 척—
이 밤이 유난히 길어
너와 오래도록 함께일 수 있어 좋다고.

너의 달이 될래

조용히 하늘을 건너는 달이 되어
너에게 청하고 싶다.

이 밤 내내
나를 들여다보라고.

계절

사람들의 눈빛으로 계절을 기억해.
차가운 여름
따뜻한 겨울
스산한 봄이 지나갔어.

사람들의 몸짓으로 계절을 기억해.
손짓과 함께 흩어진 가을
그런 날이 아마 있을걸.

나의 계절을 그려줘.
떠올려도 아프지 않을 풍경을 그려줘.

나의 계절로 남아줘.
쉽게 사라지지 않는 기억으로 남아줘.

나의 계절이 되어줘.

작가의 말

책을 쓰면서 지난 연애들을 돌아보았습니다. 제가 했던 모든 연애의 공통점은 '끝이 있었다'였습니다. 허무한 결론이지만, 나 아닌 다른 존재를 나 자신만큼 사랑하는 경험을 할 수 있던 것은 행운이었습니다.

누군가와 만나고 헤어지며 울고 웃기를 되풀이하는 동안에도 제 옆에는 변함없이 친구들이 있었다는 사실도 새삼스레 깨달았습니다. 스무 살 이후 저의 모든 연애를 빠짐없이 지켜보며 늘 제 편이 되어준 친구 지은에게 특히 고마운 마음을 전합니다.

마지막으로 혹시라도 이 책을 보게 될 저의 구 남친들에게 알립니다. '어? 이건 내 얘기인가? 헐, 아직도 나를 그리워하고 있나? 아아, 그렇다면 어디 한번 다시 연락해볼까?'라는 생각이 잠깐이라도 든다면

참아.

2018년 6월
도대체

어차피 연애는 남의 일

초판 1쇄 발행 2018년 6월 29일 **초판 3쇄 발행** 2018년 7월 27일

지은이 도대체
펴낸이 연준혁

출판 1본부 이사 김은주
출판 7분사 분사장 최유연
편집 이지은
디자인 송윤형

펴낸곳 ㈜위즈덤하우스 미디어그룹 **출판등록** 2000년 5월 23일 제13-1071호
주소 경기도 고양시 일산동구 정발산로 43-20 센트럴프라자 6층
전화 031-936-4000 **팩스** 031-903-3893 **홈페이지** www.wisdomhouse.co.kr

ⓒ 도대체, 2018

값 13,800원 **ISBN** 979-11-6220-500-6 03810

국립중앙도서관 출판예정도서목록(CIP)

어차피 연애는 남의 일 / 지은이: 도대체. ― 고양 : 위즈덤
하우스 미디어그룹, 2018
    p. ;   cm

ISBN 979-11-6220-500-6 03810 : ₩13800

수기(글)[手記]

818-KDO6
895.785-DDC23   CIP2018018789